조선후기 통신사 필담창화집 번역총서 14

坐間筆語附江關筆談 · 兩東唱和後錄

좌간필어부강관필담 · 양동창화후록

조선후기 통신사 필담창화집 번역총서 14

坐間筆語附江關筆談・兩東唱和後錄

좌간필어부강관필담・양동창화후록

구지현・김형태 역주

보고사

이 역서는 2008년도 정부재원(교육과학기술부 학술연구조성사업비)으로 한국연구재단의 지원을 받아 연구되었음(KRF-2008-322-A00073)

이 번역총서는 2012년도 연세대학교 정책연구비(2012-1-0332) 지원을 받아 편집되었음.

차례

일러두기

1. 통신사 필담창화집 번역총서는 제1차 사행(1607)부터 제12차 사행(1811)
   까지, 시대순으로 편집하였다.

2. 각권은 번역문, 원문, 영인자료(우철)의 순서로 편집하였다.

3. 300페이지 내외의 분량을 한 권으로 편집하였으며, 분량이 적은 필담
   창화집은 두 권을 합해서 편집하고, 방대한 분량의 필담창화집은 권을
   나누어 편집하였다.

4. 번역문에서 일본 인명과 지명은 한국 한자음 그대로 표기하고, 처음
   나오는 부분의 각주에 일본어 발음을 표기하였다. 그러나 번역자의 견
   해에 따라 본문에서 일본어 발음대로 표기를 한 경우도 있다.

5. 번역문에서 책명은 『 』, 작품명은 「 」로 표기하였다.

6. 원문은 표점 입력하였는데, 번역자의 의견에 따라 표기하는 것을 원칙
   으로 하였지만, 가능하면 한국고전번역원에서 정한 지침을 권장하였
   다. 이 경우에는 인명, 지명, 국명 같은 고유명사에 밑줄을 그어 독자
   들이 읽기 쉽게 하였다.

7. 각권은 1차 번역자의 이름으로 출판되었는데, 최종연구성과물에 책임
   연구원과 공동연구원의 이름이 반드시 들어가야 한다는 한국연구재단
   의 원칙에 따라 최종 교열책임자의 이름으로 출판되는 책도 있다.

8. 제1차 통신사부터 제12차 통신사에 이르기까지 필담 창화의 특성이
   달라지므로, 각 시기 필담 창화의 특성을 밝힌 논문을 대표적인 필담
   창화집 뒤에 편집하였다.

坐間筆語附江關筆談

좌간필어부강관필담

일본을 무(武)의 나라에서 문(文)의 나라로;
『좌간필어부강관필담(坐間筆語附江關筆談)』

1711년 통신사행 때 매우 격렬한 외교적 사건이 발생하였다. 통신사 의례를 간소화하고 막부의 쇼군을 대군이라 했던 것을 일본국왕으로 고쳤다. 또 도중에 국서의 피휘(避諱) 문제가 불거졌다. 국왕의 이름자를 국서에 쓰지 않도록 요구했던 것은 언제나 조선쪽이었는데, 윗사람이 아랫사람에게 자기 이름자를 내려주는 편휘(偏諱) 관습이 있었던 일본으로서는 어거지에 가까운 것이기는 했지만 이번에는 일본쪽에서 요구했던 것이다. 이런 일들을 주도했던 핵심인물이 바로 아라이 하쿠세키(新井白石)이다.

1682년 통신사행이 있었을 당시 하쿠세키는 포의의 신분이었다. 친분이 있던 쓰시마 인을 통해 자신의 시집을 제술관 성완(成琬) 등에게 보내 서문을 받은 일이 있었다. 1686년 하쿠세키는 당대의 대유학자였던 기노시타 준안(木下順庵)의 문하에 들어가게 되었고, 1693년에는 스승의 추천으로 고후(甲府)의 번주 도쿠가와 쓰나토요(德川綱豊)의 시강(侍講)으로 고용되었다. 그런데 1710년 그의 주군이 에도막부의 6대 쇼군 지위에 오르게 되었고 이름도 도쿠가와 이에노부(德川家宣)으로

바꾸었다. 막부 중심에서 쇼군을 보좌하며 적극적인 문치 정책을 폈는데 이것이 "쇼토쿠노치(正德の治)"라고 불리는 개혁정책이다.

1711년 조태억(趙泰億)을 비롯한 통신사 일행은 도쿠가와 이에노부의 습직(襲職)을 축하하기 위해 일본으로 향했다. 바로 전 통신사행에서는 제술관을 만나는 것조차 어려웠던 하쿠세키가 1711년에는 다이가쿠노카미(大學頭)를 제치고 선두에서 통신사 일행을 접대하는 중심 인물이 되어 있었다.

통신사에 대한 여러 가지 개정 및 요구는 그동안 지나친 예우와 접대를 개정하여 조선을 일본과 대등한 국가로 접대하겠다는 의도가 있었다. 또 한편에는 일본을 더 이상 무(武)의 나라가 아닌 문(文)의 나라로 인식시키겠다는 의지가 있었다. 그래서 준비한 것 가운데 하나가 바로 "사향(賜饗)" 의식이었고, 연향을 베푸는 도중 복원시킨 12곡의 아악(雅樂)을 공연하였다.

『좌간필어(坐間筆語)』는 1711년 11월 3일 사향 의식 도중 하나의 악곡이 끝날 때마다 조태억 일행과 아라이 하쿠세키가 나눈 필담을 기록한 것이다.

『강관필담(江關筆談)』은 11월 7일 저녁 조태억을 비롯한 사신들과 아라이 하쿠세키가 에도의 혼간시(本願寺)에서 술을 마시며 사적으로 나눈 대화를 기록한 것이다. 필담을 정리한 사람은 조태억인데, 에도(江戶)에서 나눈 필담을 아카마제키(赤間關)에서 정리해서 하쿠세키에게 보냈기 때문에 지명에서 글자를 따 "강관필담(江關筆談)"이라 하였다고 한다. 같은 제목의 필담이 부사 임수간(任守幹)의 일기인 『동사일기(東槎日記)』에도 실려 있으나, 내용에 있어서 자세한 정도가 많이 다르다. 양쪽에서 각기 판단하여 첨삭이 행해졌을 것으로 짐작된다.

　『좌간필어부강관필담(坐間筆語附江關筆談)』은 공적인 자리에서 있었던 『좌간필어(坐間筆語)』와 사적인 자리에서 있었던 『강관필담(江關筆談)』을 모아서 엮은 것이다. 후대인 1789년 鈴木公溫이라는 인물의 서문과 동시대 유학자였던 무로 규소(室鳩巢)의 제문이 앞에 나오는데, 시대가 달라지면서 통신사에 대한 시각이 어떻게 변하는지 비교해 볼 수 있다.

　동일한 서문과 필담이 『신정백석전집(新井白石全集)』에 실려 있고, 『관악필담(觀樂筆談)』이라는 제목의 이본도 있다. 소장처는 국립중앙도서관, 동경도립도서관, 와세다대학 도서관 등이며, 그 외 다수 있을 것으로 추정된다.

　본 책에서 사용한 본은 국립중앙도서관 소장본으로, 22장, 25.5 x 17.9cm의 간본이다.

좌간필어부강관필담

나는 요사이 『좌간필어(坐間筆語)』를 읽고 백석(白石) 원(源) 대부(大夫)[1]의 답변을 매우 훌륭하게 여겼다. 근세 속된 유자들은 큰 원칙을 이해하지 못하고 이방인을 만나 필담을 나누는 가운데 편협한 말이나 망령된 대답을 하여 국가의 체면을 잃고 스스로 욕되게 하는 것을 모르는 자가 간혹 있다. 그래서 속인들이 개가 짖듯 소란을 떠는 가운데 얘기가 명나라와 청나라의 일에 미치면 그들을 "중화의 사람[華人]"이라고 하고 그들의 산물을 "중화의 산물[華物]"이라고 하는 경우가 있으니 실로 인륜과 명교에 관계된 것이 적지 않다. 바라건대, 세상에서 혀 대신 붓을 쓰는 자들은 이 답변에 대해 생각을 다하면, 말에 허물을 적게 할 수 있을 것이다.

조선은 원래 우리 속국이었으나 저들은 예의와 의관의 나라로 자처

---

1 백석(白石) 원(源) 대부(大夫) : 신정백석[新井白石, 아라이 하쿠세키, 1657~1725]으로, 원여(源璵)·황정백석(荒井白石)이라고도 한다. 유명(幼名)은 전장(傳藏), 이름은 군미(君美), 호는 하쿠세키(白石)·물재(勿齋), 통칭은 여오랑(與五郎)·감해유(勘解由). 스승 목하순암[木下順庵, 기노시타 준안]의 추천으로, 갑비[甲斐, 가이]의 번주의 시강(侍講)이 되었다가, 번주가 6대 장군 덕천가선[德川家宣, 도쿠가와 이에노부]이 되자 장군을 보좌하여 여러 가지 개혁정책을 추진하였다. 8대 덕천길종[德川吉宗, 도쿠가와 요시무네]이 즉위한 후 실각하였고 만년에는 저술에 전념하였다. 1711년 당시 통신사를 접대하였다.

하여 "청도(淸道)", "순시(巡視)"² 의 깃발을 세우고 다닌다. 우리 주와 군에 가하는 접대하는 비용을 가늠할 수가 없다. 그러나 간언의 책임을 맡은 자가 논의로 삼지 않은 까닭은 어쩌면 먼 곳을 회유하는 까닭에 후하게 베풀며 박하게 받는 것인가? 종(宗), 회(膾), 서오(胥敖)가 다북쑥 사이에 남아있다고 여겨서인가?³

천명(天明) 기유년[1789] 정월 갑자일 평안(平安)의 영목공온(鈴木公溫)⁴ 씀.

제좌간필어(題坐間筆語)

황조의 악부에는 우리나라에서 나온 것도 있고 외국에서 들어온 것도 있는데, 경사(京師)의 영관(伶官 : 악관) 집안에서 대대로 음악을 관장했다. 요사이 연향은 산악(散樂 : 속악)을 예(禮)로 삼아, 마침내 고례(古禮)는 버려져 행하지 않게 되었으니, 한탄스러울 뿐이다. 신묘년(1711) 겨울 조선 사신들이 내빙할 적에 11월 3일 내전(內殿)에서 잔치를 베풀고 전대의 예에 따라 산악을 사용할 생각이었다. 조산대부(朝散大夫)⁵ 원군미(源

---

2 "청도(淸道)", "순시(巡視)"의 깃발 : 청도기(淸道旗)와 순시기(巡視旗)를 가리킨다. 통신사 행차 때 삼사가 각각 2명씩 거느렸다. 본래 "청도"는 길을 비키라는 뜻으로 칙사가 제후국에 갈 때 사용하는 것이고, 순시기는 군에서 법을 어기는 자를 순찰하여 잡아올 때 사용하는 것이었다. 청도기는 1811년 일본 쪽의 요청으로 사용이 중지되었다.
3 잠시 …… 여겨서인가? : 『장자(莊子)』「제물론(齊物論)」에 나오는 고사로, 요가 순에게 종(宗), 회(膾), 서오(胥敖)를 치려하나 석연치 않은 까닭을 물으니 순이 "세 나라는 아직도 다북쑥 사이에 있는데 석연치 않음은 어째서입니까? 옛날 열 개의 태양이 나란히 나와 만물을 모두 비추었습니다. 하물며 덕으로 날마다 나아감이겠습니까?[夫三子者, 猶存乎蓬艾之間, 若不釋然何哉? 昔者十日並出, 萬物皆照, 而況德之進乎日者乎?]"라고 대답하였다.
4 평안(平安)의 영목공온(鈴木公溫) : 평안(平安)은 현재의 교토를 가리키고, 영목공온(鈴木公溫)이란 인물은 미상이다.

君美)가 고악으로 대신하여 우리나라와 외국의 음악을 두루 사용하자고 건의하였다. 연향일이 되어 당상에 음악이 연주되자 사신들은 모두 경건하게 옷매무새를 고쳤다. 음악이 바뀌어 연주될 때마다 군미(君美)가 그들과 필담을 나누었는데, 응대하는 것이 물 흐르는 듯하였다. 잔치가 파하자 곧 악곡명을 차례를 기록하고 문답한 말을 그 아래에 각각 붙여서 올렸다. 지금 기록한 바가 바로 그 원고이다.

예전 연릉계자(延陵季子)[6]가 노(魯)나라를 빙문해서 삼대의 음악을 관찰하였다. 좌씨가 이를 전하여 고금의 사람들이 미담으로 여긴다. 한(漢)나라 말기와 삼국(三國) 이후로 남북 16조를 거쳐 남송(南宋)과 요(遼), 금(金)에 이르기까지 상대국가와의 교빙이 앞뒤로 이어졌으나, 사신이 연회에서 음악을 관상했다는 일은 들은 적은 없다. 천여 년 간 끊겨서 볼 수 없었던 일을 지금에야 보게 된 것이다. 나는 뒷날 역사로 쓰는 자가 좌씨를 따라 이를 전하여 그 일이 백세에 빛나게 할 것을 알겠으니, 어찌 사신들만 영광으로 여기겠는가? 또한 나라와 가문의 영광일 것이다.

구소주인(鳩巢主人) 실직청(室直淸)[7] 씀.

---

5 조산대부(朝散大夫) : 종오품하(從五品下)에 해당하는 관직으로, 당시 신정백석(新井白石)은 축후수(筑後守)의 관위를 가지고 있었다.

6 연릉계자(延陵季子) : 춘추 때 오(吳)의 계찰(季札)을 가리킨다. 노나라에 사신으로 가서 주나라 대의 각국 음악을 듣고 하나하나 비평하였다. 『春秋左傳 襄公 29年』

7 구소주인(鳩巢主人) 실직청(室直淸) : 실구소[室鳩巢, 무로 규소, 1658~1734]로, 에도 출신 유학자이다. 일본에 주자학을 보급하는 데 이바지했다. 군주에 대한 충(忠)을 천황이 아닌 장군[將軍, 쇼군]에게 충성을 바치라는 뜻으로 해석함으로써 덕천막부의 철학적 토대를 마련했다.

좌간필어

정덕(正德) 2년(1712) 조선에서 내빙하여 사신이 강호(江戶 : 에도)에 도착했고 올해 11월 연악(燕樂)을 베풀었다. 백석 원군미가 그 자리에서 사신과 함께 필담을 나누었다.

연악 목록

진모(振鉾)	삼대염(三臺鹽)	장보락(長保樂)
앙궁락(央宮樂)	인화락(仁和樂)	태평락(太平樂)
고조소(古鳥蘇)	감주(甘州)	임가(林歌)
능왕(陵王)	납증리(納曾利)	장경자(長慶子)

○ 진모(振鉾)

원군미 : "동방이 나라를 연 날 천조(天祖)의 공을 상징한 악무입니다. 음악을 연주할 때는 반드시 이 곡을 먼저 연주합니다. 진모(振鉾)는 언무(偃武)와 음이 같습니다.[8] 혹자는 주(周)의 대무무(大武舞)라고도 합니다."

정사 조태억(趙泰億)[9] : "크고 구성지니 아마도 치세의 소리 같군요."

같음 : "또 사향(祀享)의 음악이 있습니까?"

원군미 : "사향에는 신악(神樂)이 있고, 국풍에는 최마락(催馬樂)가 있습니다.

종사관 이방언(李邦彦)[10] : "진모(振鉾)는 언무(偃武)와 비슷하니 음절이 온화하여 가히 볼 만하군요. 분명히 사향에 사용될 거라 생각합니다."

○삼대염(三臺鹽)

원군미 : "소륵염곡(疏勒鹽曲)[11]의 하나입니다. 수당(隋唐)때 이것을 연악(燕樂)에 갖추어 넣었습니다."

조태억 : "어찌 소호(韶護)[12]를 취하지 않고 외국의 소리를 섞어서 사용합니까?"

원군미 : "그렇기 때문에 연악(燕樂)이라 하는 것입니다."

---

8 진모(振鉾)는 …… 같습니다. : 둘 다 일본음이 엔부이다.

9 조태억(趙泰億, 1675~1728) : 본관은 양주(楊州). 자는 대년(大年), 호는 겸재(謙齋)·태록당(胎祿堂)이다. 최석정(崔錫鼎)의 문인이다. 대제학·호조판서·대사성 등을 역임하였다. 1711년 8차 통신사행 때 정사로 일본에 다녀왔다. 1712년 왜인의 국서(國書)가 격식에 어긋났다는 이유로 문외출송(門外黜送)되었다가 이듬해 풀려나왔다. 초서(草書)·예서(隷書)를 잘 썼으며, 영모(翎毛)를 잘 그렸다.

10 이방언(李邦彦, 1675~?) : 본관은 전주(全州). 자는 미백(美伯), 호는 남강(南岡). 1711년 통신사 종사관으로 일본에 다녀왔다.

11 소륵염곡(疏勒鹽曲) : 소륵(疏勒)은 카시가르(Kashgar)를 가리킨다. 위구르인들의 중심도시이다. 2천 년 전부터 서역 지역의 중심 상권이던 일요시장이 섰던 곳이다. 『수서(隋書)』에 소륵염(疏勒鹽)이라는 무곡의 이름이 실려 있다.

12 소호(韶護) : 순(舜)임금의 음악과 탕(湯)임금의 음악, 즉 아정(雅正)한 음악을 가리킨다.

조태억 : "어찌 옛 악현(樂懸 : 편종(編鐘), 편경(編磬) 등 틀에 매다는 악기)을 사용하지 않습니까?"

원군미 : "당송(唐宋)의 악현은 상고해 볼 수 있을 뿐입니다. 이른바 용봉고(龍鳳鼓) 등의 제도가 바로 이것입니다. 그 제도가 『문헌통고(文獻通考)』[13]에 자세히 보입니다."

조태억 : "『문헌통고』가 비록 고서이지만 어찌 육경만 하겠습니까?"

원군미 : "이것이 또한 연악(燕樂)을 갖춘 까닭입니다."

동지(同知) 최상집(崔尙嶪)[14] : "춤추는 사람이 분을 발랐습니까?"

원군미 : "남자가 무엇하러 분을 쓰겠습니까?"

최상집 : "얼굴이 참 하얀 것이 아름답군요! 대체로 이 나라 사람들이 맑고 곱습니다."

○장보락(長保樂)

원군미 : "바로 고려부악입니다."

같음 : "귀국에도 이런 춤이 있습니까?"

조태억 : "예전 왕조의 음악은 지금 없습니다."

부사 임수간(任守幹)[15] : "우리 조정에는 우리 조정과 아울러 다른 나라

---

13 『문헌통고(文獻通考)』 : 중국(中國) 송(宋)나라 때의 법제. 경제 등 모든 제도(制度)에 관한 기록(記錄)으로, 두우(杜宇)의 『통전(通典)』을 기초(基礎)로 하여 이를 증보(增補)한 것으로 원(元)나라의 마단림(馬端臨)이 편찬하였다.

14 최상집(崔尙嶪 : 1664~?) : 본관은 무주(茂朱). 자는 연보(延普). 24세 되던 1687년(숙종13) 식년시(式年試) 역과에 8위로 합격하였다. 1711년 정사의 당상역관으로 일본에 다녀왔다. 정헌대부(正憲大夫)에 이르렀고, 벼슬은 사역원 교회(敎誨)를 지냈다.

의 음악이 있습니다. 귀국의 사람들을 만나면 귀국의 음악을 연주하여 감상하고 당산(唐山) 사람들을 만나면 당나라 음악을 연주하여 위로합니다."

○ 앙궁락(央宮樂)

원군미 : "우리나라의 악무입니다."

조태억 : "대체로 매우 고아한 율조가 있군요. 귀하게 여길만 합니다."

○ 인화락(仁和樂)

원군미 : "이것도 고려악무입니다."

조태억 : "관에 꽂은 것은 무엇입니까?"

원군미 : "담비털입니다."

조태억 : "어떻게 악관이 시중(侍中 : 정이품 관직)이 쓰는 담비털 관모를 쓰고 있습니까?"

원군미 : "귀국에서 온 음악이니 여러분들이 그 설을 아시겠지요. 제가 어찌 알겠습니까? 감히 여쭙니다."

---

15 임수간(任守幹, 1665~1721) : 본관은 풍천(豊川). 자는 용여(用汝), 호는 돈와(遯窩). 이조좌랑·수찬·승지 등을 역임하였다. 1711년 통신사행 때 부사(副使)로 일본에 파견되었다. 사행록 『동사일기(東槎日記)』가 전한다.

○태평락(太平樂)

원군미："일명 소파진악(小破陣樂)이라고 합니다. 당나라 명황(明皇：
당현종)이 지은 것입니다."

임수간："귀국의 선비들이 격도술을 잘한다고 들은 적이 있습니다.
저희가 청하여 한 번 볼 수 있으면 좋겠습니다만 어떻습니까?"

원군미："본국의 풍속이 졸병 이상은 모두 허리에 쌍도를 차고 전투
에서는 칼 하나를 더 차니 길이와 크기가 각각 그 쓰임에 적합하게
되어 있습니다. 농사꾼이나 장사꾼 역시 칼 하나씩 차지 않는 자가
없습니다. 몸에 이미 지니고 있으면서 운용을 감당치 못하면 역시
무슨 쓸모가 있겠습니까? 또 칼을 뽑는 기술이 있는데 그 법은 신묘
한 기략이 출입하여 변동을 예측할 수가 없습니다. 한 손이 칼 손잡
이에 닿자마자 번개가 치는 듯 바람에 날리는 듯 피를 뿌리고 안개를
뿜어냅니다. 칼날이 미처 칼집에서 나오지 않은 것 같은데도 반 걸
음 떨어져 있는 사람이 이미 제 머리를 잃어버리고 어깨만 나란히
앉아있습니다. 이런 것들은 작은 기예라서 누구나 할 수 있는 것입
니다. 여러분들께서 보고자 하시면 곧 대마도 종(宗) 태수[16]에게 청하
면 됩니다. 하필 아뢰어 청할 필요가 있겠습니까?"

같음："귀국의 황창검희(黃倡劍戲)라는 것은 또 어떠합니까?"

조태억："계림[신라의 황창이란 아이가 14세에 검술을 배워 아버지

---

16 종(宗) 태수 : 종의방[宗義方, 소 요시미치, 1684~1718]으로, 1694년 대마도 제 5대
번주가 되었다. 1711년 통신사를 접대한 공적으로 번령(藩令)이 1천 560석이 가증되어
1만 3천 3백석이 되었다.

의 원수를 갚았습니다. 지금까지 악부에 남아 있습니다. 경주 사람
들이 이 춤을 가장 잘 추니 볼 만합니다."

같음 : "기녀들도 할 수 있는데, 쌍검을 공중에 던져 한 손으로 잡습니다."

임수간 : "황경(皇京 : 교토)과 대판(大坂)에도 이 음악이 있습니까?

원군미 : "천조의 악관이 대대로 그 직책을 맡고 있습니다. 대판(大坂)
및 남도(南都)¹⁷는 옛 서울의 땅이니 각각 악부가 있습니다. 모두 천
여 년이 지나도록 그 일을 그만 둔 자가 없습니다."

○ 고조소(古鳥蘇)

원군미 : "이것도 고려부(高麗部)의 춤(舞)입니다."

조태억 : "잡고 있는 것이 무엇입니까?"

원군미 : "아마도 옛날 불자(拂子)¹⁸일 것입니다. 제가 「천조예기도(天
朝禮器圖)」를 본 적이 있는데, 그 그림 중에는 불자도(拂子圖)가 있었는
데, 바로 춤추는 사람이 들고 있는 것과 같았습니다. 남경(南京)에
삼비고(三秘庫)가 있는데, 그곳에 소장된 것은 모두 성무천황(聖武天
皇)¹⁹ 왕실의 물건입니다. 불자가 하나 있습니다만 만듦새가 춤추는
사람이 든 것과 역시 다릅니다. 세상에 전하기를 조경(晁卿)²⁰이 남긴

---

17 남도(南都) : 일본 남쪽 수도로, 예전 수도였던 내량[奈良, 나라]를 가리킨다.
18 불자(拂子) : 수행자가 마음의 티끌과 번뇌를 털어내는 상징적 의미의 불구(佛具)이다.
19 성무천황(聖武天皇) : 일본 나라시대(奈良時代) 제45대 천황으로 724년 3월 3일~749년
   8월 19일 동안 재위하였다.
20 조경(晁卿) : 당 현종(唐玄宗) 때 비서감(祕書監)을 지낸 일본인 아베 나까마로[阿倍仲

글이 있다고 합니다. 당시는 실로 당 개원(開元)²¹ 전성기였으니 곳간 안의 보기(寶器)들 중 당대(唐代)의 물건이 많은 것을 알 수 있습니다."

임수간 : "왕유(王維), 이백(李白)의 시가 이곳에 남아있습니까?"

원군미 : "제가 지난 해 남경을 한 번 들러 보니 삼비고가 여전히 우뚝 하게 남아있었습니다. 다만 소장된 것을 보지 못한 것이 한스럽습니다. 왕유, 이백의 시가 있는지는 모르겠습니다."

종사 이방원 : "김생(金生)²²의 진적(眞跡)이 남아 있습니까?"

원군미 : "인적(印蹟)이 많이 있으니 친필(親筆) 역시 있을지 모르겠습니다."

○ 감주(甘州)

원군미 : "이는 바로 천보(天寶)²³의 악곡입니다."

조태억 : "사장(詞章)은 어떻게 볼 수 없겠습니까?"

원군미 : "당나라 때의 「감주사(甘州詞)」가 바로 이것입니다."

呂]의 중국 명호(名號)로, 조형(朝衡)으로도 불리어졌다. 천보(天寶) 12년(753)에 배로 귀국하던 중 난파를 당한 끝에 안남(安南)에 표박(漂泊)했다가 다시 당 나라에 온 뒤 70세의 나이로 죽었다.

21 개원(開元) : 당현종(唐玄宗)의 연호. 713~741.

22 김생(金生) : 신라의 명필로, 예서(隸書) · 행서(行書) · 초서(草書)에 능하여 '해동(海東) 의 서성(書聖)'이라 불렸고, 송나라에서도 왕희지(王羲之)를 능가하는 명필로 이름났다.

23 천보(天寶) : 당현종(唐玄宗)의 연호. 742~756.

○ 임가(林歌)

원군미 : "이것도 고려악입니다. 춤추는 사람이 쓰고 있는 것은 이백의 시에 나오는 금화절풍모(金華折風帽)의 종류입니다."

조태억 : "금화절풍모는 우리나라에서 새로 장원한 사람이 쓰는 관으로 금색의 초립(草笠)입니다. 이것은 즉 악공이 쓰는 화관(花冠)의 종류이니 사대부는 쓰지 않습니다."

○ 능왕(陵王)

원군미 : "제나라 사람들이 난릉왕(蘭陵王) 장공(長恭)[24]이 금용성(金墉城) 아래에서 주(周)나라의 군대를 물리친 것을 나타낸 것으로, 바로 「난릉왕입진곡(蘭陵王入陣曲)」입니다."

조태억 : "들고 있는 것은 무엇입니까?"

원군미 : "피리입니다."

임수간 : "제나라 음악이 어찌 귀국에 전파되었습니까?"

원군미 : "천조에서 수당(隋唐)에 빙문을 통할 때에 전래된 것입니다."

조태억 : "이들 악보는 비록 삼대의 음악은 아니나, 수당 이후 음악이 유일하게 전하는 것으로 천하에 전해지지 않는 곡이니 진실로 귀하다 하겠습니다."

---

24 난릉왕(蘭陵王) 장공(長恭) : 고숙(高肅)으로 자가 장공(長恭)이다. 북제(北齊) 말기에 문무를 겸비했던 명장이다. 용모가 수려하였기 때문에 적군을 겁 주기 위해 흉악한 가면을 쓰고 싸웠는데 승리하지 못한 적이 없다고 한다. 사촌동생이었던 황제가 그의 공적이 높아지자 사람들의 추대를 받아 황위를 빼앗을까 두려워하여 독을 내려 죽였다.

백석："천조는 하늘과 함께 시작되었고 천조의 후손이 하늘과 함께 무너지지 않을 것이니 천황이 바로 진정한 천자입니다. 서쪽 땅의 역대 왕조가 사람이 천명을 받아서 다른 성을 지닌 사람이 천자에 오르는 것과 다릅니다. 그러므로 예악과 제도가 만세에 한결같습니다. 저 삼대의 예악 같은 것도 징험할 수가 있는 것이 있으니 어찌 수당의 이후를 이르겠습니까?"

조태억："예가 있음이 이와 같고, 노래가 있음이 이와 같으니 한 번 변하면 중화에 이르지 않겠습니까?"

최상집："손과 발의 춤동작이 절조에 맞지 않음이 없는 것이 가장 묘합니다."

원군미："이 곡을 연주하는 사람은 선조가 고려인입니다. 그래서 박(狛)²⁵을 성으로 삼았습니다. 그 소리와 음악이 당대 제일입니다. 가면 역시 수백 년 된 물건입니다."

○ 납증리(納曾利)

원군미："고려부의 음악입니다."

조태억："저희들이 이 성대한 일을 함부로 차지했으니 감사하는 마음이 이미 지극합니다. 하물며 백석과 함께 얘기했음이겠습니까? 이것이 어찌 작은 인연이겠습니까? 우리들이 헤어진 후 행여 잊지 않으면 더욱 다행이겠습니다."

---

25 박(狛) : 일본 음은 "고마"로, 고구려(高句麗)와 고려(高麗)를 부르는 일본 음과 같다.

원군미 : "「위풍(衛風)」에 이르기를 '끝내 잊을 수 없구나'라고 하였습
니다. 어찌 감히 절하여 기리지 않겠습니까?"

○ 장경자(長慶子)

강관필담(江關筆談)

통정대부 이조참의 지제교 조태억(趙泰億) 엮음

　신묘년(1711년) 정덕 원년 11월 5일 강호(江戶 : 에도)에 머물 때, 백석 (白石) 원여(原璵) 군미(君美) 신정(新井) 축후수(筑後守)가 관소에 내방하 였다. 문안을 마치자 평천(平泉)이 종이와 붓을 가져다 써서 보였다.

　평천:"붓 끝에 절로 혀가 있어 말을 통할 수 있으니 하필 역관을 빌리겠습니까?" _{평천은 정사의 호이다.}

　백석:"삼가 그렇게 하도록 하겠습니다."

　남강(南岡):"귀국이 선진(先秦)의 전적을 유일하게 온전히 가지고 있 다는 말을 일찍이 「육일수도지가(六一鏽刀之歌)」에서 보았습니다. 구 양영숙(歐陽永叔)[26]의 「일본도가(日本刀歌)」에 이르기를 "서복이 떠날 때 아직 책을 불 사르지 않았으니 없어진 채 백편이 여전히 존재하네. 명령이 엄해 중국에 전하기를 허락

26　구양영숙(歐陽永叔) : 구양수(歐陽脩, 1007~1072)으로, 영숙(永叔)은 자이다. 호는 취옹(醉翁), 시호는 문충(文忠). 인종(仁宗)과 영종(英宗) 때 범중엄(范仲淹)을 중심으 로 한 새 관료파에 속하여 활약하였으나, 신종(神宗) 때 동향후배인 왕안석(王安石)의 신법(新法)에 반대하여 관직에서 물러났다.

하지 않고 온 세상에 고문을 아는 이가 없네. 선왕의 고전이 동쪽 오랑캐에 숨겨져 있으나 푸른 물결 호탕하여 통하는 나루가 없네."라고 하였다. 『문충공집(文忠公集)』15권에 보인다. "지금까지 여전히 혹시 한두 가지 전해오는 것이 있습니까?" 남강은 종사의 호이다.

백석 : "본국의 출운주(出雲州)에 큰 신사가 있는데 세속에서 '대사(大社)'라 일컫습니다.[27] 신사 창고에 보관된 죽간과 칠서가 모두 고문상서라는 말을 들은 적이 있습니다."

청평(靑坪) : "그 책은 생각건대 반드시 과두체로서 씌어 있을 겁니다. 해석할 수 있는 자가 있으면 역시 베껴서 전하는 책이 있겠지요?" 청평은 부사의 호이다.

백석 : "본국의 풍속에 전적을 깊이 감추니 높이 숭상하기 때문입니다. 하물며 신물이라 보호하는 것이겠습니까? 역시 한스러울 따름입니다."

평천 : "어떤 사람이 전하길 웅야산(熊野山) 서복묘(徐福廟)에 과두체로 쓴 것이 있는데 고문이 불에 타 전하지 않는다고 하더군요. 이 말은 믿을 수 있는 것입니까?"

백석 : "이는 속인이 근거 없는 허황된 말입니다."

청평 : "책이 있어도 전하지 않으면 없는 것과 한가지입니다. 과연 이 책이 있으면 곧 천하에 공유해야 것입니다. 깊이 신묘(神廟)에 감추어 숨겨두니 의미 없는 일입니다. 어찌 건의하여 한 권이라도 베껴 전하게 하지 않습니까?" 이 아래에는 마땅히 백석의 답이 있어야 한다.

백석 : "미장주(尾張州) 열전궁(熱田宮)[28]은 여러분들이 지나온 곳입니

---

27 본국의……있습니다. : 현재 시마네현[島根縣] 이즈모시[出雲市]에 있는 신사인 이즈모 오오야시로[出雲大社]를 가리킨다.

다. 이 궁 안에도 또한 죽간 칠서가 두세 책이 있다고 합니다. 과두문 자일 것입니다."

남강 : "돌아갈 때 볼 수 있겠습니까?"

백석 : "신사에 비장된 것은 볼 수가 없습니다."

평천 : "채중랑(蔡中郞)이 『논형(論衡)』을 숨긴 것[29]은 본래 아름다운 일 이 아닙니다. 귀신을 숭상하며 믿는 것은 또 초나라 월나라의 풍속에 가깝습니다. 책이 있어도 볼 수 없으면 없는 것과 무엇이 다릅니까?"

백석 : "주나라의 외사(外史)가 삼황오제의 글을 관장하였습니다. 공 자가 이에 요순으로부터 주나라에 이르기까지 모두 백편을 산정하 였습니다. 진나라 분서갱유 후 한나라 사람이 복생(伏生)[30]의 글에서 금문상서를 비로소 전하였습니다. 뒤를 이어 고문상서를 얻어, 아울 러 59편이 되었습니다. 그러나 앞선 유학자가 "고문은 바야흐로 동진 (東晋) 시기에야 나왔는데, 문자가 모두 유창하게 통하여서 복생의 글에 읽을 수 없는 곳이 있는 것과 다르니 역시 말하기 어렵다." 그리 고 공자 옛집의 벽 속의 상서를 처음 얻었을 때 "과두문이 이미 없어 져 세상 사람들 가운데 알 수 있는 자가 없다."[31]라고 하였는데, 더욱

---

28 미장주(尾張州) 열전궁(熱田宮) : 현재 아이치현[愛知縣] 나고야시[名古屋市]에 있는 신사인 아쓰타신궁[熱田神宮]를 가리킨다.

29 채중랑(蔡中郞)이 …… 숨긴 것 : 채중랑은 채옹(蔡邕, 132~192)을 가리킨다. 왕충(王 充)의 방대한 저작인 『논형(論衡)』이 그가 죽은 후 세상에서 사라졌는데, 채옹이 오한 땅에 가서 입수하여 숨겼다는 얘기가 전한다.

30 복생(伏生) : 곧 복승(伏勝)을 가리킨다. 복승은 진시황 때 백 편의 상서를 벽 속에 감 춰 두었다가 한 나라가 일어난 뒤에 찾아보니, 다 없어지고 29편만 남았으므로 이를 가지 고 후진을 가르친 결과, 구양생(歐陽生), 공안국 등에게 전수되었다 한다.

이 지금 한나라에서 더 오랜 세월이 흘렀으니 과연 세상에 그 글을 아는 자가 있겠습니까? 후세에 이제삼왕(二帝三王)[32]의 도를 보려고 하면서 하필이면 선진시대 과두문에서 구하겠습니까? 금문을 잘 읽으면 또한 충분할 뿐입니다. 또 이제삼왕의 도는 백성과 좋아하고 싫어함을 함께 하는 것일 뿐입니다. 우리 선신(先神)이 보관해 두었고 후대의 사람들이 받들어 지금에 이르렀는데, 지금 신명을 더럽히고 백성의 뜻을 거스르면서까지 혹 그것을 찾아 얻으면 제가 이제삼왕의 글을 얻을 수 있다 말할 수 있어도 이제삼왕의 마음은 없다고 할 것입니다. 제가 감히 하지 않는 까닭입니다."

백석 : "공들이 사신으로 만 리를 오셔서 두 나라의 기쁨을 합하였습니다. 비록 애쓰고 고생했다 하지만 어찌 대단하지 않겠습니까? 저 같은 사람은 활을 걸어놓은[33] 이래 비유컨대 우물에 앉아있는 것과 같아서 아직 넓은 바다를 보며 탄식해 본 적이 없습니다. 임술년(1682) 내빙 때 처음 성년이 되어서, 귀국의 두세 군자께 나아가 뵈었습니다.[34] 그 후 당산(唐山), 유구(琉球), 대서양(大西洋) 구라파(歐羅巴 : 유럽) 지방, 화란(和蘭 : 네덜란드)와 소역제(蘇亦齊 : 스웨덴), 의다례아(意多禮亞 : 이탈

---

31 과두문이……없다. : 공안국(孔安國)의 말이다. 『文選 卷45 尚書序』

32 이제삼왕(二帝三王) : 당요(唐堯), 우순(虞舜)의 두 임금과, 하나라의 우왕, 은나라의 탕왕, 주나라의 문왕과 무왕을 통틀어 이르는 말. 문왕과 무왕은 부자(父子)이므로 한 사람으로 친다.

33 활을 걸어놓은(懸弧) : 옛날에 아들이 태어나면 활을 잘 쏘라는 의미에서 문의 왼쪽에 뽕나무 활을 걸어놓았다.

34 임술년……뵈었습니다. : 1682년 통신사가 일본에 갔을 때, 신정백석(新井白石)이 중개를 통해 시집을 전하고 나중에 홍세태(洪世泰) 등을 만나 시집의 서문을 받은 일이 있다.

리아) 사람 등이 이곳에 와서 제가 모두 볼 수 있었습니다. 그리고 지금은 공들과 이곳에서 며칠동안 주선하였으니, 조금은 사방으로 떠나 보겠다는 뜻을 보상을 받은 것 같습니다."

청평 : "대서양은 서양에 있는 나라의 이름입니다만, 구라파, 의다례아 등의 나라는 어디에 있습니까?"

백석 : "귀국에는 만국전도(萬國全圖)가 없습니까?"

남강 : "고본이 있기는 하나 이러한 나라들이 기재되어 있지 않은 것이 많습니다."

백석 : "서양이란 곳은 천축(天竺)에서도 만 리가 떨어져 있는데, 이른바 대서양·소서양이라는 것이 있습니다. 저의 집에 지도 한 장이 있으니 갖추어 보여드릴 수 있습니다."

남강 : "훗날 간직한 것이 있으시다면 아끼지 말고 한번 보여 주십시오."

백석 : "다만 유감스러운 것은 그 지명을 모두 본국의 속자(俗字)로 기재했기 때문에 여러분께서 그 그림의 뜻을 이해하기가 어려울까 합니다. 『월령광의(月令廣義)』,[35] 『도서편(圖書編)』[36] 등의 서책에 있는 속자가 바로 그것입니다."

---

35 『월령광의(月令廣義)』: 명나라 풍응경(馮應京)이 편찬한 유서로, 총 25권이다. 중국 전통의 연중행사, 의식, 관습 등에 관해 해설해 놓았는데, 『예기(禮記)』의 월령편(月令篇)을 보충하는 형식으로 되어 있다.

36 『도서편(圖書編)』: 명나라 장황(章潢)이 편찬한 중국 명(明)나라 때의 유서(類書)로 총 127권이다. 『황명소제(皇明詔制)』 등 211종의 책에서 자료를 취하고, 많은 그림을 넣어 내용을 알기 쉽게 하였으며, 천지·자연·인사(人事)의 전반에 걸쳐 계통적으로 요령 있게 기술하였다. 명나라 때의 기사가 가장 많으므로, 명나라 역사 연구의 중요한 사료가 된다.

남강 : "우리나라에는 그런 책이 없습니다."

다음날 백석이 작은 지도 하나를 보내고 와서 말했다.

"만국지도는 원본에 두 가지 형식이 있습니다. 지구본과 횡폭본입니다. 모두 번자(番字 : 알파벳)으로 쓰였는데, 글자가 실과 머리카락 같습니다. 지명, 인물, 풍속, 토산 등이 모두 들어있습니다. 이산인(利山人 : 마테오 리치)이 간행한 육 폭의 지도와 『월령광의』, 『천경혹문(天經或問)』,[37] 『도서편』 등에 실린 것은 한자로 번역해 간략히 그 대강을 기록한 것일 뿐입니다. 이 작은 지도는 우리 장기(長崎 : 나가사키) 사람이 만든 것으로 지도를 편찬한 방법이 더욱 오묘합니다. 다만 안타까운 것은 지도가 작아 실린 지명이 천 개, 백 개 중에서 열 개, 한 개만 남아있는 것입니다. 또 속자로 번역되어 있어 여러분들이 이해할 수 없을까봐 걱정입니다. 대마도 통역에게 읽게 하면 될 것입니다. 지구본과 횡폭본 등의 원본은 구라파 여러 나라들이 여러 본을 바친 것입니다. 비부(秘府)에 보관하고 있어 지금 제 능력으로는 여러분들께 보여드릴 수가 없으니 또한 안타깝습니다."

청평 : "유구는 여기서 몇 천 리나 떨어져 있습니까? 복건(福建)과 장기(長崎)의 거리는 또 얼마나 됩니까?"

---

37 『천경혹문(天經或問)』 : 청나라 유자륙(游子六)이 편찬한 천문학 서적으로, 전집과 후집 2책으로 되어 있으나 일반적으로 전집만을 가리킨다. 서양의 천문학을 기초로 천문학 전반을 다루었다.

백석: "우리나라의 계산법으로 오백 리가 됩니다. 남해에 있는 지역이고 적도 아래에 있어 날씨가 덥다고 합니다. 복건과 장기의 거리도 대략 같습니다."

청평: "복건으로 오가는 길에 해적이 출몰한다고 들은 적이 있습니다. 상선들이 공격받는 일은 없습니까?"

백석: "민해(閩海)³⁸에 해구가 있다는 말은 일찍이 들은 바가 없습니다."

남강: "매년 오가는 상선이 일정한 수가 있다는데, 그렇습니까?"

백석: "당산(唐山)과 서남해의 선들이 매년 160, 70척입니다. 보통 장기에 와서 모입니다."

평천: "근래 해로에 방해되는 것이 많아 당산 지역 배가 오지 않는다고 하는데, 무슨 까닭인지 모르겠습니다."

백석: "지난해 남경의 선박들이 도착 시기를 어겼습니다. 나중에 들으니 절강(折江) 등지에 해적선이 출몰했다고 합니다. 올봄에 관병들이 적의 우두머리를 토벌하여 붙잡아서 해로가 이미 열렸으니, 배가 오는 것이 예전과 같습니다."

남강: "해적은 어떤 무리의 적들이며, 또 어떻게 없앴습니까?"

백석이 품에서 작은 책을 꺼내와 보여주었다.

백석: "해적의 괴수는 정진심(鄭盡心), 진명륭(陳明隆), 이노류(李老柳)

---

38 민해(閩海): 민(閩)은 중국 동남부 복건성 지역이고, 민해는 복건성 연안의 바다로, 타이완 해협을 가리킨다.

인데, 남경총병(南京總兵)이 그들을 붙잡았다고 합니다. 노류는 진실로 도적의 이름이지만, 도적의 이름이 진심이라는 것은 웃을 만한 일이지요."

남강 : "정진심은 정금(鄭錦)의 후예가 아닙니까?"

백석 : "정말 그렇군요."

청평 : "듣건대 서양 고리국(古里國)[39]의 이마두(利瑪竇)[40]란 사람이 여기 와서 문자를 남겨 전하는 것이 있다고 하는데, 사실입니까?"

백석 : "『교우론(交友論)』[41] 한 편이 있었을 뿐인데 우리나라에서는 천주법을 엄금하므로 모두 태워버렸습니다. 『교우론』이란 것은 『백천학해(百川學海)』[42], 『설부(說郛)』[43] 등의 책에 실려 있는 것입니다."

남강 : "유구의 사신들이 귀국을 빙문한 적이 있다는데, 그들의 관복과 거동이 어떠하였으며, 문자는 어떠하였습니까?"

---

39 고리국(古里國) : Calicut. 인도 반도의 서남 말라바르 해안(Malabar coast)의 항구도시로서 중세에 인도 서부 해안의 향료무역의 중심지였다.

40 이마두(利瑪竇) : 마테오 리치(Matteo Ricci, 1552~1610)로, 로마 가톨릭의 중국 선교를 정착시킨 이탈리아 출신 예수회 선교사이다. 호(號)는 청태(淸泰)·서강(西江), 존칭은 태서유사(泰西儒士)이다. 루지에리의 저작인 『천주실록(天主實錄)』의 개정판인 『천주실의(天主實義)』를 저술하였다.

41 『교우론(交友論)』 : 마테오 리치가 명(明)나라 말기의 건안왕(建安王)을 위해 저술한 책으로, 서양인들의 우정과 사고(思考)에 대한 개념을 간결한 대화체로 서술하였다.

42 『백천학해(百川學海)』 : 송(宋)나라의 좌규(左圭)가 편집한 총서. 177권으로, 1273년에 완성되었으며, 수필·서화·시문·시화(詩話)·박물 등에 관한 취미적인 단편 글이 100여 종의 책에 수록되어 있다.

43 『설부(說郛)』 : 원말(元末)·명초(明初)의 도종의(陶宗儀)가 편찬한 총서(叢書). 야사(野史)·수필·경전(經典)·전기(傳記)·문집·소설 등 정통적인 것이 아닌 진기한 서적 1,000여 종을 초록(抄錄)하여 편찬한 것이다.

백석 : "중산(中山)[44] 사신들의 관복은 바로 명나라 시대의 남은 제도
입니다. 나머지는 색견(色絹)을 머리에 둘렀는데, 평상복에 이르면
왕자 이하 역시 그렇게 합니다만 다만 비단은 자색, 황색, 홍색, 청색,
녹색으로 차등을 둡니다. 동자는 머리에 금화(金花)를 꽂고 옷은 큰
소매에 통이 넓고 허리에 큰 띠를 묶습니다. 관제는 정(正)·종(從)
각각 9품씩 있습니다. 나라 안의 문서는 우리나라의 속자와 같습니
다. 간혹 화가(和歌 : 와카)를 잘하는 자도 있습니다. 매년 조빙하기 때
문에 문자를 익혀 장사(長史), 통사(通事)의 일을 맡은 자들이 있는데,
영락(永樂)[45] 연간에 하사했던 민인(閩人) 36성(姓)[46]의 후손들입니다.
지금 중산의 28세조 순천왕(舜天王)은 우리나라의 원위조(源爲朝)[47]
장군의 아들입니다. 그래서 왕의 성은 원(源)입니다. 상(尙)을 씨를
삼은 까닭은 할아버지의 자를 가지고 씨를 삼았기 때문입니다."

백석 : "지금 서쪽 지방의 나라들은 모두 대청(大淸)의 관복 제도를 사
용합니다. 귀국은 여전히 대명(大明)의 옛 의례가 있는 건 어째서 입

---

44 중산(中山) : 유구 왕을 가리킨다. 현 일본의 나하시(那覇市)와 우라소에시(浦添市)을
중심으로 존재했던 왕국으로 삼산(三山)시대의 통일 이후 유구왕국(琉球王國)의 정식
국호가 되었다.

45 영락(永樂) : 明나라 영락제(永樂帝)의 연호. 1403~1424.

46 36성(姓) : 14세기 말 명의 복건성에서 36성이라고 불리는 사람들이 유구로 이주해 왔
다. 이들은 유구왕국의 역사 내내 진공사(進貢使), 통역 등의 직임을 맡아 중국과의 외교
무역에 있어서 큰 활약을 했다.

47 원위조(源爲朝) : 미나모토노 다메토모(1139~1170). 일본 헤이안 시대의 무장. 천황의
즉위를 둘러싸고 일어난 보원(保元)의 난 때 실패하여 이즈반도로 유배당했는데, 이때
유구로 도망가 낳은 아들이 유구 왕국의 시조 순천왕(舜天王)이 되었다는 얘기가 유구
왕국의 정사인 『중산세감(中山歲鑑)』을 비롯한 여러 종의 문헌에 전한다.

니까?"

평천 : "천하 모두 좌임(左衽)⁴⁸을 하지만 우리나라 홀로 중화의 제도를 고치지 않았습니다. 청국은 우리를 예의의 나라라고 여기기 때문에 또한 비례(非禮)로 압력을 가하지 않습니다. 온 천하에 우리만이 동주(東周)가 됩니다. 귀국도 중화의 제도를 쓸 뜻이 있습니까? 지금 보니 문교가 바야흐로 일어났으니 한번 변하시길 깊이 바라고 있습니다."

백석 : "저는 일찍이 시경을 배웠습니다. 아송(雅頌)에 이르러 은나라 사람이 주나라에 옛 옷을 입고 왔었음을 알았습니다. 처음 사신께서 오셨을 때 '조선은 은나라 큰 스승의 나라다. 더욱이 그 예의의 습속은 천성에서 나오는 것이니 은나라 의례를 징험할 수 있는 것은 아마 이번 사행에 달렸겠구나.'라고 하여 몰래 기뻐하였습니다. 이윽고 군자들께서 이곳에 오셨을 때 제가 그 의용(儀容), 관보(冠帽), 관복과 홀을 바라보니 겨우 명(明)대의 관복의 제도일 뿐, 저들의 장보관(章甫冠)과 예복을 본 적이 없습니다. 지금 대청(大淸)은 대를 바꾸어 문물을 고치고 있으니 제 나라의 습속에 따라 천하를 창제하고 있는 것입니다. 귀국 및 유구는 또한 북면하며 속국으로 칭하고 있으면서 두 나라가 변발과 좌임을 면할 수 있는 까닭은 과연 대청이 주나라가 덕으로 다스릴 뿐 힘으로 다스리지 않은 것처럼 하기 때문입니까? 아니면 두 나라는 우리 동방의 위세를 빌렸기 때문입니까? 역시 알지 못하겠습니다."

---

48 좌임(左衽) : 미개한 상태를 이르는 말. 북쪽의 미개한 인종의 옷 입는 방식이 오른쪽 섶을 왼쪽 섶 위로 여몄다는 데서 유래.

청평 : "귀국은 검과 총을 잘 쓴다고 들었습니다. 그래서 검술을 보고 싶습니다. 일찍이 이미 공께 청하였습니다. 혹시 우리의 활쏘기와 말타기 재주를 보고 싶으시다면 또한 마땅히 받들겠습니다.

백석 : "칼 쓰는 기술은 전날 말씀 들었습니다. 그리고 지금 언급하시니 아마도 공들은 우리에게 무(武)를 숭상하는 풍속이 있다고 여기시기 때문인 것 같습니다. 우리나라는 평소 무를 숭상합니다. 비록 그렇다고 하더라도 지금 들은 것은 옛날의 기격술(技擊術)이지 우리가 숭상하는 것이 아닙니다. 『우서(虞書)』에 요임금을 찬양하여 "성스럽고 신령스러우시며 무를 갖추시고 문을 갖추셨도다."라고 하였으니 문무를 한쪽만 숭상하지 않은 지는 오래되었습니다. 우리나라가 개벽한 이래 신성(神聖)이 서로 이어져 덕을 사방에 입혀지고 원근이 모두 복종하였습니다. 황실이 중간에 쇠퇴하여 융거(戎車)를 자주 내게 되었습니다. 이때 대장군 원뇌조(源賴朝)[49]는 하늘이 풀어준 용기와 지혜로 난을 토벌하여 무공을 달성하고 황실을 좌우에서 도왔으니 실로 제환공, 진문공의 일과 같습니다. 그리하여 우리 인후한 풍속이 한 번 변해 마침내 용감하고 굳센 풍속을 이루었습니다. 저는 이에 대해 논하여 '우리나라는 비유하자면 기주의 땅을 문왕이 쓰면 주남(周南), 소남(召南)의 교화를 일으키고 진시황이 쓰면 8주에서 조회를 오는 기운이 있게 되는 것이니 풍속과 교화의 변화는 인도하는 방도가 어떠한가를 돌아볼 뿐이다.'라고 한 적이 있습니다. 공자께서

---

49 원뇌조(源賴朝) : 미나모토노 요리토모(1147~1199). 헤이안(平安) 시대 말기의 무장으로, 가마쿠라 막부(鎌倉幕府)를 창시한 인물이다.

'인자는 반드시 용기가 있다'라고 하셨으니 동방의 기풍이 역시 그렇게 만들었을 것입니다. 우리 신조께서 천명을 받으셔 무력으로 난을 막고 문으로 다스림을 일으키셔서 열성조가 왕업을 이은 지 지금까지 백년입니다. 문무가 충후하니 잔인한 사람을 교화시키고 살생을 경계한 날이었을 뿐만이 아닙니다. 귀국의 문충공(文忠公) 신숙주(申叔舟)가 임종할 때 성종(成宗) 강정왕(康靖王)께서 하고 싶은 말을 묻자 "일본과 화친을 잃지 말기를 청합니다."라고 하였다는 얘기를 들은 적이 있습니다. 신공이 우리 앞선 시대 무력이 일어났던 즈음에도 이와 같이 말하였는데 더욱이 지금 공들께서 나라를 걱정하시는데이겠습니까? 문충공처럼 마음을 쓴다면 실로 양국 백성의 복일 것입니다.

평천 : "신 문충공은 바로 제 외선조이십니다. 임종하실 때 하신 한마디 말씀은 진실로 선린우호를 돈독히 하고 변경의 분쟁을 경계하는 뜻에서 나온 것입니다. 공께서도 이 말을 듣고 힘써 경계하는 것이 이에 이르니 두 나라의 천 년 만 년 행운입니다. 축하할 만합니다."
백석 : "앞서 한 말은 선린의 우의를 논할 것일 뿐이었습니다. 신공의 외손이 실로 와서 두 나라의 화평을 논하는 줄을 생각지 못했습니다. 공께서 그 덕을 대대로 이으시면 어찌 제가 말한 백성의 복일 뿐만이겠습니까? 공의 가문 역시 남은 경사가 있을 것입니다. 삼가 축하드립니다."
청평 : "제는 항상 귀국을 하나의 무를 숭상하는 나라로 여겼습니다. 이제 와서 보니 문교가 매우 번성하니 진실로 경하드릴 만합니다.

신 문충공의 말씀은 천고의 격언입니다. 지금 두 나라는 성군의 태평한 시대라 선린우호가 자연히 돈독해지니 어찌 한 푼이라도 의심하는 생각이 있을 수 있겠습니까? 객중에 즐거워 절예를 한 번 보고 싶어 우러러 청한 것인데 성대한 가르침이 이와 같으니 송구스럽습니다."

백석 : "두 나라의 우호는 예와 믿음일 뿐입니다. 여러분들은 대마도에 대해 역시 동도주(東道主)⁵⁰이십니다. 다만 그들이 귀국과 밀접하게 지내 말단의 사소한 일로 그 환심을 잃을까 이것이 두렵습니다."

평천 : "정말로 그렇습니다. 다만 귀국이 우리나라처럼 성신을 다하지 않을까 걱정입니다."

백석 : "예로부터 대등한 나라 사이에 틈이 생기는 것에는 경박하고 일 만들기 좋아하는 사람이 지지 않으려고 다투어서 변경에 분쟁을 일으킨 경우가 많습니다. 저는 후대 젊은이들이 분명 접대 절목으로 인해서 양국의 환심을 잃게 될 것이라 걱정하고 있습니다. 공들께서는 귀국한 후 조정에 알려주십시오. 공들께서 나라의 중신이시라 감히 속마음을 털어놓습니다."

청평 : "소소한 절목은 본래 따지지 않거늘, 어찌 지나친 염려를 할 것이 있습니까? 그러니 각자가 제각기 도리를 다한다면, 이웃끼리의 우호관계를 오래도록 굳게 할 수 있을 겁니다."

---

50 동도주(東道主) : 사신을 청하여 접대하는 주인을 가리킨다. 춘추 시대에 진(晉)나라와 진(秦)나라가 합동으로 정(鄭)나라를 포위했을 때, 정나라 촉지무(燭之武)가 진 목공(秦穆公)을 만나 "만약 정나라를 그대로 놔두어, 진(秦)나라가 동방으로 진출할 적에 길 안내역(案內役)을 맡게 하시고, 사신들이 왕래할 적에 부족한 물자를 공급하게 한다면, 임금님에게도 손해될 것이 없을 것이다.[若舍鄭以爲東道主, 行李之往來, 供其乏困, 君亦無所害。]"라고 설득하여 포위를 풀게 했던 고사가 있다. 『春秋左氏傳 僖公30年』

백석 : "저의 지나친 우려입니다. 늙은 사람이 항상 하는 모양일 뿐이지요. 시경에 말하지 않았습니까? '순무를 캐고 무를 캐니 뿌리 때문이 아니네.'[51]라 하였습니다. 제 말이 비록 늙은이의 말이나 청컨대 택해주십시오."

평천 : "대마도 종태수가 우리들과 함께 만 리를 동행하였습니다. 고생스러운 호행 길에 성실하고 근면하였으니 국왕 전하께서 과연 살펴주셨는지요?"

백석 : "삼가 엎드려 생각하건대 밝은 지혜가 살핌이 있으셔 비치지 않는 곳이 없습니다."

평천 : "귀국에서 국휘(國諱)를 휘(諱)하는 법[52]은 어떠합니까? 두 글자의 이름은 본래 한 글자씩을 떼어 휘하지 않는데, 귀국의 국휘(國諱)는 한 글자일지라도 휘해야 하는 법규가 있습니까? 귀국 인사들이 지은 시문(詩文)에 이따금 휘해야 할 글자를 범해서 쓴 것이 있으니 어떤 까닭인지 모르겠습니다."

백석 : "본국의 옛 자는 귀국의 언문과 같습니다. 중세에 지방의 풍속으로 예서(隸書)나 해서(楷書) 따위의 글자를 빌어 그 뜻을 통했을 뿐입니다. 이 때문에 보통 글자 쓰는 법은 요컨대 뜻에 달려있지 소리에 달려 있지 않습니다. 국휘를 휘하는 법 역시 반드시 문자에 있는 것은 아닙니다. 그렇더라도 근세에 와서는 대개 한쪽 글자만을 휘하

---

51 순무를 …… 아니네. : 『시경』「곡풍(谷風)」의 한 구절이다. 순무와 무를 뽑을 때 밑동만 보고 뽑아서는 안 된다는 뜻으로, 순무와 무를 뽑을 때는 뿌리가 좋지 않다고 해서 잎과 줄기를 다 버려서는 안 됨을 말하는 것이다.

52 국휘(國諱)를 휘(諱)하는 법 : 제왕의 이름자를 꺼려서 쓰지 않는 일을 가리킨다.

는 법이 있습니다."

평천 : "회답서의 문자를 과거에 사신들이 정서하기 전에 혹 볼 수 있
었습니다. 내일쯤 보게 해 줄 수 있겠습니까?"

백석 : "국서를 쓰는 일은 제가 관여하지 않아 할 수 없습니다."

평천 : "제 머리에 쓰고 있는 것이 무엇인지 알겠습니까?"

백석 : "모르겠습니다."

평천 : "이것은 복건입니다."

백석 : "본국도 근래 복건을 만듭니다. 제가 아직 옛 제도를 보지 못했
습니다. 만약 하나 더 있으면 하나를 빌려서 그 제도를 본뜨면 다행
이겠습니다."

평천이 드디어 벗어서 주었다. 백석이 일어나 거듭 사례하였다.

백석 : "이는 호저(縞紵)를 기증한 고사[53]에 견줄 만한 일입니다."

평천 : "복건을 쓰려면 먼저 치포관(緇布冠)[54]을 써야 하는데, 그 제도
가 『주자가례(朱子家禮)』에 있으니 상고할 수 있습니다."

백석 : "부사와 종사관이 쓴 것이, 본국의 이른바 금수관(錦繡冠)과 비
슷합니다."

또 말함. : "제가 지난해 상국을 관광했는데 다행히 천조의 면변(冕

---

53 호저(縞紵)를 기증한 고사 : 오나라 季札(계찰)이 정나라 子産(자산)에게 흰 비단 띠를
보내니 자산이 또한 그에게 모시옷을 보냈다는 고사를 가리킨다.
54 치포관(緇布冠) : 유생이 평상시에 쓰던, 검은 베로 만든 관.

弁)[55] 제도를 보았습니다. 모두 상고 시대의 물건이었습니다. 그리고 본국의 문물이 삼대의 제도에서 나온 것이 적지 않습니다. 제가 오늘 한 것은 주나라 시대의 모자입니다. 또 심의(深衣)[56] 제도 같은 것도 예경(禮經)을 고찰해 보면 한당의 유자들이 함부로 말한 것을 알 수 있습니다."

남강 : "심의의 제도는 사마공 이후부터 정론이 있습니다. 귀국에 어찌 다른 본이 있겠습니까?"

백석 : "예경을 고찰해보면 됩니다. 한당 이래 유자들의 분분한 학설이 어찌 징험하기에 충분하겠습니까? 본국의 풍속에 오복이라 일컫는 것은 심의의 제도와 대동소이할 따름입니다.

남강 : "귀국의 관혼상제에 『주문공가례(朱文公家禮)』[57]를 사용합니까?"

백석 : "본국의 많은 예에는 삼대의 제도와 같은 것이 많습니다. 그 상례의 경우에는 대련씨 소련씨가 대를 이어 서로 상례에 관한 일을 맡고 있습니다. 공자가 거상을 잘했다고 칭찬한 것이 바로 이것입니다. 그리고 당나라 육덕명(陸德明)[58]의 『주례음의(周禮音義)』 같은 글

---

55 면변(冕弁) : 제왕과 제후, 경대부들이 쓰던 관모를 가리킨다.

56 심의(深衣) : 유학자들이 입던 겉옷. 백세포(白細布)로 만들며 깃·소맷부리 등 옷의 가장자리에 검은 비단으로 선(襈)을 두른다. 대부분의 포(袍)와는 달리 의(衣)와 상(裳)이 따로 재단되어 연결되며, 12폭의 상이 몸을 휩싸게 되어 있어 심원한 느낌을 준다. 그러므로 심의라는 말도 이런 뜻에서 유래된 것으로 여겨진다.

57 『주문공가례(朱文公家禮)』 : 중국 명(明) 나라 구준(丘濬)이 가례(家禮)에 관한 주자(朱子)의 학설을 모아서 편찬한 책. 『가례(家禮)』라고도 함. 관혼상제(冠婚喪祭) 등 사가(私家)의 예법을 수록하였다. 우리나라에서도 이를 받아들여 예설(禮說)의 정통으로 삼았다.

58 육덕명(陸德明, ?~?) : 이름은 원랑(元朗)이고, 덕명은 자이다. 처음에 수(隋)나라를

에는 정대부(정대부: 정현(鄭玄))의 설을 인용하여 본국의 옛날 법제가 남아있다고 하였으니 그 고찰한 대강을 볼 수 있을 따름입니다. 근세의 상례와 제례는 유자들이 꽤 주자가례에 따라 행합니다.”

육덕명의 『경전석문(經典釋文)』의 「주례음의(周禮音義)」에서 춘관(春官)의 종백(宗伯) 중 서씨직(筮氏職)의 '구배(九拜), 계수(稽首), 진동(振動)'에 대해 『음의』에 “글자 뜻과 같다. 이선(李善)은 정대부를 따라 음이 '동(童)'이라 하였고 두자춘(杜子春)은 '도(徒)'와 '롱(弄)'의 반절이라고 하였다. 지금 왜인이 두 손으로 서로 부딪친다. 정대부의 설과 같으니 옛날의 법이 남은 것이다.”라고 하였다.

여러 사람이 모인 자리에 제술관 및 세 서기가 들어왔다.

백석 : “제술관은 자제를 몇 분이나 두셨습니까?”

동곽(東郭)[59] : “제 양자는 이름은 윤작이고 나이는 22세입니다.” 동곽은 제술관의 호이다.

백석 : “정 선전관[60]께서는 선조이신 문충공[61]과 몇 대 차이가 나십니

섬겼으나, 당고조의 초빙으로 대학 박사·국자 박사가 되었다.

59 동곽(東郭) : 이현(李礥, 1654~?)으로, 자는 중숙(重叔), 호는 동곽(東郭)이다. 1711년 제술관으로서 일본에 다녀왔다.

60 정 선전관 : 정찬술(鄭纘述, ?~?)로 생애는 미상이다. 정몽주의 11대손으로, 1745년 정몽주의 사손(祀孫)으로 정해졌다. 1711년 군관으로 일본에 다녀왔다.

61 문충공 : 정몽주(鄭夢周, 1337~1392)로, 호는 포은(圃隱)이다. 야은(冶隱) 길재와 목은(牧隱) 이색과 더불어 삼은(三隱)의 한사람이다. 1377년 일본의 규슈에 고려의 사신으로 다녀왔다.

까?" 선전관은 정찬술이다.

동곽 : "포은선생 11대손입니다. 무과에 급제하여 비장으로써 사행에 왔습니다. 대명의 태조가 건국한 초기에 포은선생이 진하사(進賀使)⁶²로서 중국에 들어가 문물의 성대함을 보았으니 어찌 장하지 않습니까? 기이하고 기이합니다! 『포은집(圃隱集)』에 기록이 남아 있습니다."

백석 : "정선생의 후손이 어째서 무과에 올랐습니까?"

동곽 : "이 사람은 본래 글을 잘하는 뛰어난 선비입니다만 조정이 권하여 무직에 나아갈 것을 명하였습니다. 재략이 출중하니 가히 대장군으로 일 할 만하기 때문입니다."

백석 : "임술년(1682) 사행 때, 저와 창랑자(滄浪子)⁶³가 한 번 인사를 했던 적이 있습니다. 홍서기⁶⁴가 족인이 아닙니까?"

홍서기 : "오랜 사귐의 정이 있으나 친족은 아닙니다."

백석 : "감히 그대 집의 문벌 및 자제가 얼마나 있는지 묻겠습니다. 엄·남 두 분⁶⁵ 역시 어떠하십니까?"

---

62 진하사(進賀使) : 조선(朝鮮) 시대(時代) 때 중국(中國)에 경사(慶事)가 있을 때 축하 (祝賀)하기 위해 보내던 사신(使臣)이다.

63 창랑자(滄浪子) : 홍세태(洪世泰, 1653~1725)로, 자는 도장(道長), 호는 창랑(滄浪) ·유하(柳下)이다. 1675년(숙종 1) 을묘식년시에 잡과인 역과(譯科)에 응시하여 한학관 (漢學官)으로 뽑혀 이문학관(吏文學官)에 제수되었다. 1682년 통신사 윤지완(尹趾完)을 따라 자제군관으로 일본에 다녀왔다.

64 홍서기 : 홍순연(洪舜衍, 1653~?)으로, 자는 명구(命九), 호는 경호(鏡湖)이다. 1711년 서기로 일본에 다녀왔다.

65 엄·남 두 분 : 부사 서기 엄한중(嚴漢重)과 종사관 서기 남성중(南聖重)을 가리킨다.

홍서기 : "제 성은 홍(洪)이고 이름은 순연(舜衍), 자는 명구(命九), 호는 경호(鏡湖)입니다. 본관은 남양(南陽)입니다. 태상시 판관입니다. 과거에 급제는 정사년에 진사, 을유년에 문과를 급제하였습니다. 나이는 59세입니다. 운명이 기박해서 아들 하나가 수년 전에 재앙을 만나 슬하에 일점 혈육이 없습니다. 이런 성대한 질문을 받드니 모르는 사이 슬픔에 목 메입니다."

엄서기 : "제 성은 엄(嚴)이고 이름은 한중(漢重), 자는 자정(子鼎)입니다. 우리나라 강원도 영월군 사람이고 호는 용호(龍湖)입니다. 이제 49세입니다. 경오년에 진사 시험을 봤고 무진년에 문과에 급제하였습니다. 비서성 박사, 승문원 교검, 고창주 태수를 역임하였고 지금은 부사 서기로 왔습니다. 형제는 다만 아우 하나가 있고 이름은 한년(漢年)입니다. 두 아들이 있는데 첫째의 이름은 경(儆)이고 둘째의 이름은 정(㣿)입니다."

남서기 : "이름은 성중(聖重)입니다. 본관은 의령이고 서울에 삽니다. 을미년 종사관 호곡선생(壺谷先生)⁶⁶의 셋째 아들입니다. 나이는 47세입니다. 맏형 정중은 관직이 경상도 관찰사에 이르렀으나 이미 갑신년에 세상을 떠났습니다. 형과 아우가 한 명씩이고 관직은 없습니다."

---

66 호곡선생(壺谷先生) : 남용익(南龍翼, 1628~1692)으로, 본관 의령(宜寧). 자 운경(雲卿). 호 호곡(壺谷). 시호 문헌(文憲). 1646(인조 24) 진사(進士)가 되고, 2년 후 정시 문과(庭試文科)에 급제하여 효종 초에 3사(司)의 벼슬을 두루 지냈다. 1655년(효종 6) 통신사(通信使)의 종사관으로 일본에 다녀와 사가독서(賜暇讀書)하고, 1656년 문과중시에 장원하였다. 조선 중기의 문신·학자. 통신사(通信使)의 종사관으로 일본에 다녀왔으며 예조판서, 이조판서 등을 지냈다. 기사환국 이후 유배지에서 세상을 떠났다.

백석 : "임술년에 제술관 성완(成琬)[67]이라는 분은 건재하십니까?"

홍서기 : "올 여름에 이미 작고하셨습니다."

백석 : "예전에 해외의 교분을 얻었으나 지금은 지하의 사람이 되었으니 슬프군요!"

동곽 : "이 사람은 관직이 높지 않고 수명도 길지 않으니 슬프고 슬픈 일입니다."

백석 : "취허에게 대를 이을 아들이 있습니까?" 취허는 성완의 호이다.

동곽 : "두 아들이 있습니다."

백석 : "귀국하셔서 저의 말을 두 아들에게 전해주시면 다행이겠습니다."

동곽 : "말씀하신대로 하겠습니다."

백석 : "오늘 저는 제술관을 통해서 포은 정공의 먼 후손을 뵈었습니다. 예전 본조 영화(永和) 2년(1376)은 실로 대명 홍무(洪武) 10년(1377)입니다.[68] 정공께서 고려의 사신으로 와서 우리 구주(九州 : 규슈) 절도사 원정세(源貞世)[69]를 만났습니다. 그리고 두 나라의 평화를 위해 의논하였습니다. 귀국이 나라를 세웠을 때 박돈지(朴敦之) 공이 오셨으니[70] 고려의 옛 우호를 닦은 것입니다. 공들이 진현하시던 날, 수서관

---

67 성완(成琬, 1639~?) : 자는 백규(伯圭), 호는 취허(翠虛)이다. 1682년 제술관으로 일본에 다녀왔다.

68 예전 …… 입니다. : 정몽주가 규슈에 사신으로 간 것은 1377년이다. 백석의 오기로 보인다.

69 원정세(源貞世) : 미나모토노 사다요(1326~1420). 가마쿠라 시대 후기부터 남북조 무로마치 시대의 무장으로 원강[遠江, 도오토미]의 슈고다이묘(守護大名)였던 금천정세[今川貞世, 이마가와 사다요]를 가리킨다. 구주탐제(九州探題)로 있었을 때 정몽주를 접대했다.

(受書官)⁷¹ 원소장(源少將)⁷²이라는 사람이 원정세의 9대 족손입니다."

청평 : "선전관 정찬술은 포은 선생 11대 후손입니다. 그 후 대대로 높은 벼슬을 하였습니다. 사람됨 역시 뛰어난 선비입니다. 그래서 제가 군관으로 대동해 왔습니다. 원공의 후예처럼 진실로 뛰어난 선비입니다. 원 소장의 이름과 자가 어떤지 모르겠군요. 그리고 장차 객관으로 올 일이 있습니까?"

백석 : "고(故) 구주절도사 원공의 족손은 이름은 이씨(伊氏)입니다. 현재 근위소장 겸 풍전수(豊前守)입니다. 집안 대대로 품천(品川)이라고 칭합니다. 통신사께서 처음 동도에 도착한 날 이 사람이 사명을 받들고 관소에 왔었습니다. 공들께서 사현하시던 날 궐내에서 이 사람을 보셨을 지도 모르겠습니다."

청평 : "오늘 이 모임은 진실로 양국 천고의 성사입니다. 모두 기록하여 나라의 역사에 남길만합니다."

백석 : "예전에 정공, 신공이 연달아 와서 양국 강화를 하였습니다. 근래 호곡 남공이 병신년에 빙례를 오셨습니다. 지금 들으니 조공께서는 신공의 먼 외손이시고, 임공과 이공은 정공과 남공 두 분의 후손

---

70 귀국이 …… 오셨으니 : 1401년 박돈지(朴敦之, ?~?)가 일본에 사신으로 다녀왔다고 한다.

71 수서관(受書官) : 수도서인(受圖書人)을 가리킨다. 조선 정부로부터 도서(圖書)를 지급받은 사람으로, 도서란 조선정부가 일본 통교자를 통제하기 위하여 쓰시마도주 등에게 통교 증명으로 발급해 준 구리 도장이다. 조선에서는 무절제한 왜인의 출입을 제한하기 위하여 도서가 찍힌 서계(書契)를 가져오는 수도서인(受圖書人)이나 수도서선(受圖書船)에 한하여 각 포소(浦所)에서 통상을 허락했다.

72 원 소장(源少將) : 품천이씨[品川伊氏, 시나가와 고레우지, 1669~1712]로, 에도시대 하타모토(旗本)이다.

과 함께 오셨습니다. 이공 게다가 남공의 문인이십니다. 어찌 공들만
이 대대로 그 덕을 이으십니까? 아니면 이른바 오래된 나라에 있는
대를 이어가는 신하가 있다는 것이 또한 이와 같은 것입니까? 진실로
이웃해 있는 나라의 큰 경사입니다. 제가 다행히 이 성대한 일을 보았
으니 세상에 다시없는 기이한 모임이라고 이를 수 있겠습니다. 공들
께서 기록하여 그것을 후세에 남기신다면 길이 남을 것입니다."

남강 : "사신이 교빙하는 것은 어느 대인들 없었겠습니까? 그러나 오
늘 이 모임은 교향(僑向)[73]을 얻은 것에도 부끄럽지 않으니 어찌 기이
하지 않겠습니까? 이별한 후 그리워하며 부상의 해를 바라볼 뿐일
테니 어찌 슬프지 않겠습니까?"

청평 : "옛말에 이르기를 '길가에서 일산을 기울이며 잠깐 얘기하였어
도 오래된 사이 같다.'라고 하였습니다. 한 번 웃고 막역한 사이가
된다면 국경이 같고 다름을 논하겠습니까? 오늘의 모임은 한자리에
앉아 웃으면서 해학을 하였으나 진실로 양국이 교빙한 이래 쉽게
얻을 수 있는 일이 아닙니다. 서로 마음을 털어 놓고 초나라와 월나
라처럼 먼 거리를 모두 잊었습니다. 공께서는 어떻게 여기십니까?"

평천 : "나라의 국경에는 한계가 있고 바다와 육지가 아득히 떨어져
있습니다. 한번 이별한 후엔 소식을 들을 길이 없습니다. 말이 이에
이르면 울적하지 않을 수 있겠습니까? 오직 한 조각 밝은 달이 만

---

73 교향(僑向) : 춘추 시대 정나라 공손교(公孫僑)와 진(晉)나라의 대부 숙향(叔向)을 가
리킨다. 외국에 사신을 가거나 외국의 빈객을 접대할 적에 응대(應對)를 잘하기로 이름이
높았다.

리 떨어져 있는 마음을 나누어 비춰 줄 뿐입니다."

백석 : "제 마음 역시 「습상(隰桑)」의 마지막 장[74]에 있습니다. 마음속에 간직하니 언젠들 잊겠습니까? 공들이 귀국하신 후에 동쪽을 바라보고 생각해 주시면 다행이겠습니다. 오늘 나눈 얘기는 기록해 두는 것 역시 훌륭한 일일 것입니다. 감히 청한 자리에 있는 수 십장의 종이를 뒷날 보내주시길 감히 청합니다."

드디어 읍을 하고 헤어져 돌아왔다.

강관필담 끝.

---

74 「습상(隰桑)」의 마지막 장 : 『시경(詩經)』의 편명으로, 군자를 만난 즐거움을 노래하는 내용이다.

坐間筆語附江關筆談

余頃讀坐間筆語，深美白石 源大夫之答矣。近世俗儒，不解大經，偶接異邦人，筆舌之間，詖辭妄答，不知失國體自辱者，間或有諸。於是俗人犬吠，有話說及明、清之事，如謂其人曰"華人"、謂其産物曰"華物"之類，實關乎人倫名教也不細矣。冀世之舌以代筆者，於此答致思，則言可寡尤耳。蓋朝鮮原吾屬國，而彼以禮義衣冠之邦自居矣。建青道、巡視之旗以行矣。加之我州郡，勞來之費，不可訾也。然有言責人，所以不爲議者，豈以柔遠之故，厚往薄來邪？將爲宗膾胥敖，而存乎蓬艾之間耶？

天明己酉正月甲子，平安 鈴木公溫識

題『坐間筆語』

皇朝樂部，有得於本邦者，有得於外國者，京師伶官之家世掌之。自近燕饗以散樂爲禮，古禮遂廢不行，可嘆也已。辛卯冬朝鮮使臣來聘，惟十一月三日，錫宴於內殿，依前代例，當用散樂，朝散大夫源君美建議，更以古樂代之，偏用本邦外國之樂。及燕饗之日，堂上樂作，使臣皆竦然改容。每樂更奏，君美與之筆語，應對如流。宴罷乃第錄樂名，各附問答之語于其下以進，今之所錄，卽其稿也。昔延陵季聘魯，觀三代之樂，左氏傳之，古今以爲美談。自漢季、三國之後，歷南北十六朝，以逮南宋、遼、金之時，敵國交聘，前後相踵，未聞有使臣觀樂於燕會之間者，千有餘年間絶矣。不可見者，今乃見之，吾知後之作史者，亦將繼左氏而傳之，使其事赫赫於百世之下，豈特使臣榮? 抑亦邦家之光也。

鳩巢主人 室直清題。

坐間筆語

正德二年，朝鮮來聘使者，至于江戶，本年十一月賜燕樂，白石 源君美在坐，與使人筆語。

燕樂目錄
振鉾、三臺鹽、長保樂、央宮樂、仁和樂、太平樂、古鳥蘇、甘州、林歌、陵王、納曾利、長慶子。

○ 振鉾
"東方開國之日，天祖象功樂舞，凡陳樂必先秦此曲。『振鉾』讀如'偃武'，曰：'周大武舞。'"【源君美】
"颯颯乎，其治世之音也！"【正使趙泰億】
"又有祀享之樂也？"【同】
"祀享則有神樂，國風則有催馬樂。"【美】
"振鉾似偃武，音節雍容可觀，想必用於祀享。"【從事李邦彥】

○ 三臺鹽
"疏勒鹽曲之一也，隋、唐以備燕樂者也。"【美】
"何其不取韶護，而雜用外國之音也？"【億】

"故曰燕樂。"【美】

"何不用古樂懸耶?"【億】

"<u>唐</u>、宋樂懸可考而已, 所謂龍鳳鼓等制卽此也。其制詳見于文獻通鼓等。"【美】

"通考雖古書, 何如六經?"【億】

"此又所以備燕樂也。"【美】

"舞人傅粉耶?"【同知<u>崔尙嵃</u>】

"男子何用施粉爲?"【美】

"美哉, 其面絶白! 大抵是邦人物, 清而麗。"【嵃】

○ 長保樂

"卽是<u>高麗</u>部樂。"【美】

"貴邦猶有此舞耶?"【仝】

"勝國之音, 今則亡矣。"【億】

"我朝有我朝幷他邦之樂, 逢貴國之人, 則奏貴國之樂以歃之。逢<u>唐山</u>之人, 則奏<u>唐朝</u>之樂, 以慰之。"【副使<u>任守幹</u>】

○ 央宮樂

"本朝樂舞。"【美】

"大抵頗有古雅調, 可貴可貴。"【億】

○ 仁和樂

"又是<u>高麗</u>樂舞。"【美】

"挿冠者何?"【億】

"貂。"【美】

"伶官何亦挿侍中之貂?"【億】

"是樂出自貴邦, 諸賢可知其說而已。我何知之? 敢問。"【美】

○ 太平樂

"一名 '小破陣樂', 卽是唐明皇所作。"【美】

"嘗聞貴國之人士, 善擊刀術, 幸爲俺等啓請, 以得一觀, 如何?"【幹】

"本邦之俗, 卒伍以上皆腰雙刀, 戎事則又佩一刀, 長短大小各適其用, 若農商亦無不佩一刀者。身已佩之, 不堪運用亦何爲? 又有拔刀之術, 其法神機出入, 變動不測, 隻手纔及刀頭, 電掣風飛, 灑血吐霧, 鋒刃如未始出乎室者, 而跬步間, 有人旣喪其元, 骿肩而坐焉。是等小技, 人人能之, 諸賢欲試觀之, 則請宗馬州可也, 何必啓請?"【美】

"貴國黃倡劍戲亦如何?"【同】

"鷄林兒黃倡年十四, 學劍報父讐, 至今有樂府, 鷄林人最善是舞, 可觀。"【億】

"妓女輩亦能之, 擲雙劍於空中, 能以一手接之。"【同】

"皇京、大坂亦有此樂耶?"【幹】

"天朝樂官, 世守其職, 大坂及南都, 是舊京之地, 各有樂戶, 皆是歷世千有餘年, 而不墜厥業者。"【美】

○ 古鳥蘇

"是又高麗部舞。"【美】

"所採何物?"【億】

"蓋是古拂子, 吾嘗得見『天朝禮器圖』, 其中有『拂子圖』, 卽如舞人所採者。南京又有三秘庫, 庫中所藏, 皆是聖武天皇內府之物, 有一塵尾, 其制與舞人所採亦異。世傳庫中, 又有晁卿遺書云。當時實是唐開元全盛之日, 則知庫中諸寶器, 多是唐代物也。"【美】

"王維、李白之詩, 此存耶?"【幹】

"不佞去歲一過南京, 及見三大舊庫, 巍然猶存。但恨未得見其所藏者,

不知<u>王</u>、<u>李</u>之詩亦何如?"【美】

"<u>金生</u>眞蹟猶存否?【從事<u>李邦彥</u>】

"多有印蹟, 親筆亦或有之。"【美】

○ 甘州

"卽是<u>天寶</u>樂曲。"【美】

"詞章可得見歟?"【億】

"<u>唐</u>時中有『甘州詞』, 卽此。"【美】

○ 林歌

"又是<u>高麗</u>樂。舞人所戴, <u>李白</u>詩云'金華折風帽'之類乎!"【美】

"金華折風帽, 卽我國新冠者所著, 金色草笠也。此則工人所著花冠之類, 士大夫不著之。"【億】

○ 陵王

"<u>齊</u>人象<u>蘭陵王 長恭</u>, 破<u>周</u>師於<u>金墉城</u>下者, 卽蘭陵王入陣曲。"【美】

"所採何物?"【億】

"簫。"【美】

"<u>高齊</u>之樂, 何以傳播於貴邦也?"【斡】

"天朝通問於<u>隋</u>、<u>唐</u>之日, 所傳來也。"【美】

"此等樂譜, 雖非<u>三代</u>之音, <u>隋</u>、<u>唐</u>以後音樂獨傳, 天下不傳之曲, 誠可貴也。"【億】

"天朝與天爲始, 天宗與天不墜, 天皇卽是眞天子, 非若西土歷朝, 以人繼天, 易姓代立者。是故禮樂、典章, 萬世一制, 若彼<u>三代</u>禮樂, 亦有其足徵者, 何其<u>隋</u>、<u>唐</u>以後之謂哉?"【美】

"有禮如此, 有樂如此, 及不一變至華耶?"【億】

"手之舞、足之蹈, 無不中於其節者, 最妙。"【雞】

"奏此曲者, 其先高麗人, 因以狛爲姓, 於其聲樂, 當代第一, 其假面, 亦數百年之物也。"【美】

○ 納曾利

"高麗部樂。"【美】

"不佞輩, 叨此盛事, 已極感荷, 況與白石周旋, 此豈小夤緣耶? 尤幸吾輩別後, 幸勿忘之。"【億】

"『衛風』有之云 : ‘終不可諼兮!’ 何敢不拜嘉?"【美】

○ 長慶子

江關筆談

通政大夫吏曹參議知製教趙泰億輯。

辛卯正德元年十一月五日，在江戶時，白石 原璵 君美 新井 筑後守，來訪館所，叙寒暄訖。

平泉取紙筆書示曰："筆端自有舌，可以通辭，何必借譯？"【平泉正使之號】

白石曰："敬諾。"

南岡曰："貴邦先秦籍獨全之說，曾於六一鏽刀之歌【歐陽永叔《日本刀歌》云：'徐福行時書未焚，逸書百篇今尚存。令嚴不許傳中國，舉世無人識古文。先王大典藏夷貊，蒼波浩蕩無通津。'《文忠公集》卷十五見之矣。】至今猶或有一二流傳耶？"

【南岡從事號】

白石曰："本邦出雲州有大神廟，俗謂之'大社'，嘗聞神庫所藏竹簡漆書，盖《古文尚書》云。"

青坪曰："其書想必以科斗書之，能有解之者，亦有謄傳之本耶？"【青坪副使號】

白石曰："本邦之俗，深秘典籍，盖尊尚之也，況似有神物呵護之者？亦可以恨耳。"

平泉曰："或人傳熊野山 徐福廟，有科斗之書，古文厄于火，而不傳云。

此言信否?"

白石曰∶"此俗人誣說。"

青坪曰∶"有書不傳, 與無同, 果有此書, 則當與天下共之, 深藏神廟, 意甚無謂。何不建白膽傳一本耶?"【此下當有白石之答。】

白石又曰∶"尾張州 熱田宮, 諸君所經歷也。 此宮中亦有竹簡漆書二三策云, 盖科斗文字。"

南岡曰∶"歸時可能得見否?"

白石曰∶"神府之秘. 不可獲觀矣。"

平泉曰∶"蔡中郎之秘《論衡》, 本不是美事, 崇信鬼神, 又近於楚、越之俗。有書不見, 與無有何異?"

白石曰∶"周外史取掌三皇、五帝之書, 孔子乃斷自唐虞以下訖于周凡百篇, 秦火之後, 漢人始傳今文於伏生之書, 嗣後亦得古文, 併得五十九篇, 而先儒以謂, 古文至東晉間方出, 其書皆文從字順, 非若伏生之書, 有不可讀者, 其亦難言矣。且若始得壁中書云∶'科斗書廢, 時人無能知者。' 況今去漢已遠, 世果有能知其書者哉? 後之要見二帝、三王之道, 何必求於先秦科斗之書? 善讀今文, 亦旣足矣。且夫二帝、三王之道, 與民同其好惡而已。我先神藏之, 後民奉之, 而至于今, 今且褻神明, 拂民情, 或索而得之, 乃謂我能得二帝、三王之書, 無乃非二帝、三王之心乎! 愚所以不敢也。"

白石曰∶"公等奉使萬里, 合二國之驩, 雖則賢勞, 豈不壯哉? 若僕生懸弧以來, 譬如坐井, 未嘗始望洋。初冠在壬之聘造, 請貴邦二三君子, 嗣後唐山、琉球及大西洋 歐羅巴地方和蘭、蘇亦齊、意多禮亞人等至於斯, 僕皆得見之。且今與諸公周旋有日于此, 少償四方之志耳。"

青坪曰∶"大西洋是西域國名, 歐羅巴、意多禮亞等國, 在何方耶?"

白石曰∶"貴邦無《萬國全圖》耶?"

南崗曰："有古本而此等國多不盡載。"

白石曰："西洋者, 去天竺國, 猶且萬里, 有所謂大、小西洋, 僕家藏有圖一本, 可以備觀覽焉。"

南崗曰："異日有所儲, 毋慳一示。"

白石曰："第恨其地名, 誌以本邦俗字, 諸君難解其圖義, 在《月令廣義》《圖書編》等書者卽是。"

南崗曰："吾邦無此書矣。"

　　明日白石送一小圖來曰："《萬國全圖》原本二式, 有地毬, 有橫幅, 皆係番字, 其字如絲髮, 地名、人物、風俗、土産盡備焉。利山人所刻六幅圖及《月令廣義》《天經或問》《圖書編》等所載譯以漢字, 略記其梗槪而已。此小圖吾長崎港人所作, 其編地之法尤妙, 只惜圖小所載地名, 存十一於千百。且譯以諺文, 恐諸君不可解, 試使對馬州譯人讀之可也。若其地毬、橫幅等原圖, 則歐羅巴諸國所貢數本, 藏在秘府, 今僕之力, 不能使諸公一睹之, 亦可以恨也?"

青坪曰："琉球去此 當幾千里? 福建距長崎亦幾何?"

白石曰："本邦里法五百里, 在南海之中, 其地當于赤道之下, 故氣候熱云。福州距長崎, 亦略同。"

青坪曰："福建往來之路, 曾聞有海賊之出沒者, 商舶亦無被劫之事?"

白石曰："閩海寇賊, 所未嘗聞。"

南岡曰："每年往來商舶, 有定額云, 然耶?"

白石曰："唐山及西南海舶, 歲額有百六七十艘, 常年來聚于長崎港。"

平泉曰："聞近年海路多枳, 唐船不來云, 未知何故?"

白石曰："去年南京商船, 愆其來期, 後聞浙江等處, 賊船出沒。今年春, 官兵勦捕賊首, 海路已開, 其來如舊。"

南岡曰："賊是何等賊? 何以勦滅耶?"

白石出懷中小冊視之, 乃曰：“賊魁鄭盡心、陳明隆、李老柳, 爲南京總兵所獲云。老柳眞是賊名, 其以盡心爲名, 可發一笑也。”

南岡曰：“鄭盡心是鄭錦餘蘗否?”

白石曰：“誠然。”

青坪曰：“曾聞西洋古里國利瑪竇者, 到此有文字留傳者, 信然?”

白石曰：“只有《交友論》一篇。我國嚴禁天主法, 盡火其書。《交友論》者,《百川學海》《說郛》等書收錄焉。”

南岡曰：“琉球使來聘貴國云, 其冠服儀度何如? 文字何如?”

白石曰：“中山使副冠服, 卽是明代遺制, 自餘以色絹纏其首, 至于常服, 則王子下亦如之, 但以錦紫、黃、紅、靑、綠爲差等。童子簪金花, 衣則大袖寬博, 腰束大帶。官制正、從各九品, 國中文書與本邦之俗同, 或有善和歌者。明代以來, 比歲朝聘, 故習讀文字, 以任長史通事之用者。永樂中間所賜閩人三十六世之後也, 今中山二十八世祖舜天王者, 本邦源將軍爲朝之子, 故其王源姓, 以尙爲氏者, 以王父字爲氏也。”

白石曰：“當今西方諸國, 皆用大淸章服之制, 貴邦猶有大明之舊儀者何也?”

平泉曰：“天下皆左衽, 而獨我國不改華制, 淸國以我爲禮義之邦, 亦不加之以非禮。普天之下, 我獨爲東周, 貴邦亦有用華之意否? 今看文敎方興, 深有望於一變之義也。”

白石曰：“僕嘗學詩, 至於雅頌, 則知殷人在周, 服其故服而來也。始聘使之來, 竊喜以謂朝鮮殷大師之國, 況其禮義之俗, 出於天性者? 殷禮可以徵之, 盖在是行也。旣而諸君子辱在于斯, 僕望其儀容、冠帽、袍笏, 僅是明世章服之制, 未嘗及見彼章甫與黼冕也。當今大淸易代改物, 因其國俗, 創制天下。如貴邦及琉球, 亦旣北面稱藩, 而二國所以得免辮髮左衽者, 大淸果若周之以德, 而不以疆然否? 抑二國有假靈我東方？亦未可知也。”

青坪曰：“貴邦劍銃爲長技云，故欲見劍術，曾已仰請高明。如或欲見我弓馬之才，亦當仰耳。”

白石曰：“刀劍之術，前日聞命，且今及此，盖似公以我爲有尙武之俗者。本邦素尙武也。雖然如今所聞，乃是古之技擊，非我所尙也。《虞書》贊堯曰：‘乃聖乃神，乃武乃文。’文武不可專尙也久矣。我開闢以來，神聖相繼，德被四表，遠近率服，帝室中衰，戎車累駕。當是時源大將軍賴朝，天從勇智，討其亂略，耆定武功，夾輔帝室，實有如桓、文之事焉。於是乎一變我仁厚之風，遂成勇銳剛毅之俗。愚嘗論之曰：‘本邦譬諸岐周之地，文王用之，以興《二南》之化；秦皇用之，有朝八州之氣，風俗與化移易，顧導之之術何如耳。’孔子曰：‘仁者必有勇。’蓋東方之風氣，亦使然也。及吾神祖受命，武以遏亂，文以興治，列聖纘業，百年于今，文武忠厚，不啻勝殘去殺之日。嘗聞貴邦申文忠公叔舟臨卒，成宗康靖王，問其所欲言，對曰：‘請勿與日本失和。’申公於我前代干戈之際，其言若此，況今諸公憂國？如文忠用心，則實是兩國蒼生之福也。”

平泉曰：“申文忠公，卽僕外先也，臨終之一言，誠出於睦隣好、戒邊釁之意，而明公亦聞此言，勉戒至此，兩邦千萬歲之幸歟！可賀。”

白石曰：“前言以論善隣之誼耳。不圖申公之外孫，實來講兩國之和。公世其德，則豈唯僕所謂蒼生之福？公門亦有餘慶焉。謹賀。”

青坪曰：“不侫常以爲貴邦一尙武之國，今來見之，則文教甚盛，誠可奉賀。申文忠公之言，千古格言，而卽今兩國主聖時平，隣好自然敦睦，何可一分相阻之念乎？客中惇惇，欲一見絶藝，有所仰請，盛敎如此，慚悚慚悚。”

白石曰“兩國和好，禮信而已。諸君於對州，亦是東道之主，唯其以密邇貴邦, 末界微事, 相失其驩心是懼."

平泉曰:"誠然誠然。但恐貴邦不如吾邦之盡誠信耳。"

白石曰:"自古敵國生隙, 輕銳好事之人, 爭長不相下, 而開邊釁者多矣。老拙竊恐後生少年, 必因交接節目, 相失兩國之驩心。諸公歸國之後, 能爲朝廷識焉。諸公國之重臣, 敢布腹心。"

青坪曰:"細小節目, 本來不計較, 何可有此過慮乎? 然各盡在我之道, 則隣好可以萬世永固矣。"

白石曰:"過憂、過廬, 老生常態而已。詩不云乎? '采葑采菲, 無以下體。'我言雖耄, 請亦擇焉。"

平泉曰:"宗對州, 與俺等萬里同行, 辛勤護持, 甚誠勤。國王殿下, 果已下燭否?"

白石曰:"伏惟明睿有臨, 靡所不照。"

平泉曰:"貴國諱國諱法如何? 二名固不偏諱, 而貴邦國諱, 有偏諱之規耶? 貴邦人士, 所作詩文, 或有犯用所諱之字, 未知何故?"

白石曰:"本邦古字, 猶貴邦諺文, 中世以方俗, 假借隸楷等字, 以通義而已。是故凡字法, 要在訓詁, 而不在聲音。如諱國諱法, 亦必不在文字, 雖然及于近世, 大抵有偏諱之法焉。"

平泉曰:"國書回答文字, 曾前使臣, 或於未及正書之前得見矣。明間可以得見耶?"

白石曰:"辭命之事, 僕不與焉, 無能爲已。"

平泉曰:"俺所著公知之乎?"

白石曰:"不知。"

平泉曰:"此是幅巾。"

白石曰:"本邦近製幅巾, 僕未見古制也。若其有副, 幸得借一, 以倣製焉。"

平泉遂脫贈, 白石起再揖謝曰:"可以比縞紵之贈。"

平泉曰：“欲著幅巾，先著緇冠，制在《家禮圖式》，可考。”

白石曰：“副使從事所戴，似本邦所謂錦繡冠。” 又曰：“下官前歲觀光於上國，幸及見天朝冕弁之制，蓋是上世之物，且本邦文物，出於三代之制者不少。如僕所戴者，卽是周弁之製，亦如深衣之製，校之禮經，則知漢、唐諸儒漫費其說也。”

南岡曰：“深衣之制，司馬公以後，自有定論，貴邦豈有他本耶？”

白石曰：“考之《禮經》而可也。漢、唐以來，諸儒紛紛之說，何足以徵之也？本邦之俗，所稱吳服者，蓋與深衣之制，大同小異耳。”

南岡曰：“貴邦冠婚喪祭，用文公家禮否？”

白石曰：“本邦禮，多與三代之制相同，如其凶禮，則大連氏、小連氏，世掌相喪事焉。孔子稱善居喪者卽此。且如唐陸德明《周禮音義》之書，引鄭大夫之說，以爲本邦盖有古之遺法，可以見其校槷耳。近世喪祭，儒家頗依《朱子家禮》而行之。”

> 陸德明《經典釋文》《周禮音義》春官宗伯筮氏職曰‘九拜、䭫首、振動’《音義》曰：“如字。李依大夫，童音，杜徒弄反，今倭人拜以兩手相擊，如鄭大夫之說，盖古之遺法。”

席上製述官及三書記入來。

白石曰：“製述官令胤幾位在？”

東郭曰：“僕之螟子名胤柞，年二十二歲矣。”【東郭卽製述官號。】

白石曰：“鄭宣傳於其祖文忠公，世次多少？”【宣傳卽鄭纘述】

東郭曰：“圃隱先生十一代孫，登武科，以神將方在行中。大明太祖建國之初，圃隱先生以進賀使入中州，得見文物之盛，豈不壯哉？奇哉奇哉！《圃隱集》中有紀實之誌焉。”

白石曰：“鄭先生之後，何爲登武科？”

東郭曰：“其人自是能文奇士，而朝廷勸令就武矣。以其才略出衆，可作大將軍.”

白石曰:“壬戌之聘, 僕與滄浪子有一揖之舊, 洪書記莫爲其族人耶?”

洪書記答曰:“有知舊之誼, 而非親族也.”

白石曰:“敢問君家門閥及令子弟幾在? 嚴、南二君亦如何?”

洪書記曰:“僕姓洪, 名舜衍, 字命九, 號鏡湖, 系出南陽, 見爲太常寺判官, 而科第則丁巳進士、乙酉文科耳. 年今五十九, 而命途奇薄, 一子纔殀於數年前, 膝下更無一塊肉. 承此盛問, 不覺悲咽.”

嚴書記曰:“僕姓嚴, 名漢重, 字子鼎, 我國江原道 寧越郡人, 號龍湖, 時年四十九, 庚午參進士試, 而戊辰及第, 歷秘書省博士、承文院校檢、高敞州大守, 今以副使記室來. 鴈行則只有一弟 名漢年, 有兩子, 長名儆、次名儆.”

南書記曰: “聖重, 姓本宜寧, 居京. 乙未從事官壺谷先生第三子也. 年四十七, 佰兄正重, 官至慶尙道觀察使, 已於甲申卒逝, 一兄一弟, 無官職耳.”

白石曰:“壬戌製述官成君琬健在否?”

洪書記曰:“今夏已作千古人矣.”

白石曰:“昔得海外之交, 今作地下之人, 哀哉!”

東郭曰:“此人官不高、壽不長, 可哀可哀.”

白石曰:“翠虛有嗣子否?”【翠虛卽成琬號】

東郭曰:“有二子矣.”

白石曰:“幸歸國之日, 以僕言達其二子.”

東郭曰:“當如敎耳.”

白石曰:“今日僕因製述官, 見圃隱 鄭公之遠孫. 在昔本朝永和二年, 實是大明 洪武十年, 鄭公以高麗氏之使, 來見我九州節度使源貞世, 以講二國之和, 貴邦開國之日, 朴公敦之來, 乃是修高麗氏之舊好也.

公等進見之日, 受書官源少將者貞世九代之族孫。"

清坪曰:"鄭宣傳纘述, 卽圃隱先生十一代孫也。厥後奕世簪纓, 爲人亦奇士, 故僕以軍官帶來。若源公之裔, 誠是奇士, 未知源少將名字云何? 而將有入來館之事耶?"

白石曰:"故九州節度使源公族孫, 名伊氏, 見任近衛小將, 兼豊前守, 家世稱品川, 信使始到都下之日, 斯人亦嘗得奉使, 而來于館中, 公等辭見之日, 或有見斯人於關下焉。"

青坪曰:"今日此會, 誠兩國千古之盛事, 可以記諸國乘矣。"

白石曰:"昔者鄭公、申公相繼而來, 以講二國之和, 近者壺谷、南公以丙、甲之聘來。今聞趙公, 卽申公之外遠孫, 而任公、李公與鄭、南二公之後偕來, 李公且南公門人也, 豈唯群公世其德? 抑所謂故國有世臣, 亦若此, 實是隣邦之大慶也。不佞幸見此盛事, 可謂曠世之奇會耳。公等記以垂之後世, 則庶乎不朽矣。"

南岡曰:"使華交聘, 何代無之? 而今日此會, 無愧乎僑向之相得, 豈不奇哉? 別後相思, 當回望扶桑之日而已, 能不黯然?"

青坪曰:"古語云'傾蓋如故', 若一笑莫逆, 何論疆域之異同? 今日之會, 一堂笑謔, 眞兩國交聘以來, 不易得之事也。肝膽相照, 渾忘楚、越之遠隔, 明公以爲如何?"

平泉曰:"疆域有限, 海陸遼隔, 一別之後, 嗣音無路, 言念及此, 能不挹挹? 唯有一片明月, 分照萬里之心肝耳。"

白石曰:"鄙懷亦唯在《隰桑》之卒章, 中心藏之, 何日忘之? 諸公歸國之後, 幸賜東望相思。"

又曰:"今日之宴語, 記之亦奇。敢請席上數十紙, 他日幸賜焉。"

遂揖別而歸。

江關筆談終。

양동창화후록

兩東唱和錄後錄

18세기 조일(朝日) 침술(鍼術)의 흐름과
한사관직성명(韓使官職姓名)을 자세히 담고 있는
『양동창화후록(兩東唱和後錄)』

3권 1책의 판각본인데, 1권은 「양동창화후록」이고, 2권은 「양동창화별록(兩東唱和別錄)」이며, 3권은 부록 형식의 「한사관직성명(韓使官職姓名)」이다. 간기(刊記)에 따르면, 필담을 모두 정리한 때는 정덕(正德) 원년(元年) 신묘(辛卯 · 1711)년 동짓날이고, 간행한 때와 장소는 나니와 서림(浪速書林) 무라카미 세이조로(村上淸三郎) 식전이병위(植田伊兵衛)이다.

1권의 내용은 1711년 9월 14일에 통신사가 풍랑으로 체류하면서 20일에 쓰시마(對馬島)의 의사(醫士) 제씨(梯氏)와 정암(靖庵)이 무라카미 계남(村上溪南)과 아들 주남(周南), 제자 행선(杏仙)을 안내하여 니시혼간지(西本願寺) 객실(客室)에서 조선 의관(醫官) 선무랑(宣務郎) 전연사직장(典涓司直長) 기두문(奇斗文) 등을 예방(禮訪)하여 의학과 의술에 대해 나눈 문답을 정리한 것이다.

무라카미 계남(村上溪南)은 침술에 정통한 일본 의원으로서 '계남'은 그의 자(字)이고, 호는 초재(樵齋)인데, 선조가 김득배(金得拜)로부터 의술을 전수

받은 세업의(世業醫)이다. 조선 양의(良醫) 기두문(奇斗文)은 호가 상백헌(嘗
百軒)이고, 당시 서울에 살았으며, 숙종(肅宗) 37년인 1710에 의원이 되었다.
당시 선무랑(宣務郎) 전연사직장(典涓司直長) 조산대부(朝散大夫)였다.

2권은 일본 세이켄지(淸見寺)의 승려 지안(芝岸)과 조선의 정사(正使)
조태억(趙泰億), 부사(副使) 임수간(任守幹), 제술관(製述官) 이현(李礥),
종사서기(從事書記) 남성중(南聖重), 부사서기(副事書記) 엄한중(嚴漢重),
종사(從事) 이방언(李邦彦) 등이 주고받은 시(詩) 29수와 조선의 홍세태
(洪世泰)가 일본의 오노 즈루산(野鶴山)에게 보낸 편지인 〈홍창랑서(洪
滄浪書)〉와 오노 즈루산의 아들 도바루 야기(桃原野沂)가 홍세태에게
보낸 〈답서(答書)〉 및 시로 구성되어 있다.

3권은 당시 조선 측 주요 수행원의 명단인 「한사관직성명」인데, 기록
이 비교적 자세하고, 당시 통신사 일행은 총 497명이라고 기록되어 있다.

필담의 주요 내용은 다음과 같다. 첫째, 침구학(鍼灸學) 관련 내용으로
『황제내경(黃帝內經)』, 「영추(靈樞)」의 경맥편(經脈篇) 중 시동(是動)과 소생
(所生)의 의미, 혈(穴)을 통해 병을 치료하는 방법 논의이다. 무라카미 계남
(村上溪南)은 편작(扁鵲)의 고사(古事)를 들면서 시동병(是動病)과 소생병(所
生病)에 대한 견해를 설명하고, 이해되지 않는 내용을 기두문에게 물었다.
이에 대해 기두문(奇斗文)은 가져온 의서(醫書)를 보여주면서 답변했다.
둘째, 경락(經絡)·수혈(兪穴)의 치수와 이를 판단해 측정하는 방법이
다. 무라카미 계남(村上溪南)은 기두문이 보여준 의서에 실린 별혈(別

穴)에 대해 묻고, 이를 필사하고 싶다는 청을 하며, 정형유경합(井滎兪
經合)의 혈자리에 대해 물었고, 기두문은 이에 대해서도 자신이 보여
준 의서를 참고하라고 권유했다. 무라카미 계남(村上溪南)은 침구 시술
의 중요성을 역설하면서 자신의 경험방을 정리해 50여개의 혈 자리에
관한 내용으로 정리한 소책자를 기두문에게 선물했다.

셋째, 호침(毫針)·시침(鍉針)·삼릉침(三稜針)·대종침(大腫針)·중종침
(中腫針)·소종침(小腫針)의 자법(刺法)과 효능인데, 무라카미 계남(村上溪
南)의 큰 아들 주남(周男)이 호침(毫針)의 자법(刺法)을 기두문에게 문의
하면서 자신의 몸에 직접 시침(施鍼)해 주기를 간청하는 내용이 흥미롭
다. 이에 대해 기두문은 왼손 엄지손가락을 써서 혈(穴)을 눌러 찾고,
그 손톱 바깥쪽 끝을 취해 그곳을 찌른다고 하면서 실제로 곡지(曲池)와
족삼리(足三里)에 시침(施鍼)했는데, 주남(周男)은 침이 비록 크지만 통증
은 없었다고 기록했다. 아울러 주남(周南)이 다른 침법에 대해 묻자, 기
두문은 대종침(大腫鍼), 중종침(中腫鍼), 소종침(小腫鍼)을 보여주고, 이들
은 습열(濕熱)의 울결(鬱結)로 인해 생긴 종기를 치료한다고 하였는데,
이를 통해 당시 기본적 외과술이 존재하고 있었음을 확인할 수 있다.
필담을 기록한 사람이 이하의 글은 잃어버렸다고 기록한 것으로 미루어
이외에 보다 많은 관련 내용이 있었던 것으로 추정할 수 있다. 마지막으
로 기두문은 무라카미 계남(村上溪南)에게『의학입문(醫學入門)』에 자오
류주(子午流注)의 방법,『신응경(神應經)』에 침구(針灸)의 혈(穴)을 널리
배우고, 명확히 판별하며, 지키고 잃지 않아야만, 온갖 병의 치료에 능통
할 수 있다고 조언했고, 이에 대해 무라카미 계남(村上溪南)이 감사의
글을 통해 기두문(奇斗文)에게 감사한 뜻을 전했다.

양동창화후록

정덕(正德) 원년(元年) 신묘(辛卯)년(1711) 가을 9월 14일.

조선 통신사 일행이 여기에 배로 도착했고, 같은 달 20일 쓰시마(對馬島)의 의사(醫士) 제씨(梯氏)와 정암(靖庵)[1]이 나와 아들 주남(周南)[2], 제자 행선(杏仙)을 안내하여 니시혼간지(西本願寺)[3] 객실(客室)에서 조선 의관(醫官) 선무랑(宣務郎)[4] 전연사직장(典涓司直長) 기두문(奇斗文)을 처음 만났다.

---

1 정암(靖庵) : 임수간(任守幹, 1665~1721)의 호. 조선 중기 문신. 자는 용예(用譽), 호는 돈와(遯窩). 본관은 풍천(豊川). 1707년 문과중시(文科重試)에 급제해 이조좌랑·수찬을 지냈고, 1711년 일본 통신부사·우부승지를 거쳐 1721년 우승지가 되었음. 경사(經史)에 밝았고 음률(音律)·상수(象數)·병법(兵法)·지리(地理)에 조예가 깊었음. 저서로『돈와유집』이 있음.

2 주남(周南) : 무라카미 계남(村上溪南)의 아들.

3 니시혼간지(西本願寺) : 교토(京都)시에 있는 정토진종(淨土眞宗) 혼간지(本願寺)파의 본산(本山) 사원. 분리된 히가시혼간지(東本願寺)와 구별하기 위해 니시혼간지라 불렸음.

4 선무랑(宣務郎) : 조선시대 문산계(文散階) 가운데 하나. 종6품 하계(下階).

○ 삼가 아룁니다.   무라카미 계남(村上溪南)[5]

"머나먼 바닷길 배를 타고 오래 건너시느라 힘들게 고생하셨습니다. 귀하신 몸 탈 없음은 진실로 신(神)께서 도우신 것입니다. 비로소 높으신 거동을 가까이하고, 큰 사랑을 두텁게 받으니, 기쁨과 즐거움을 이기지 못하겠습니다. 이에 삼가 인사드립니다."

○ 대답   기두문 호는 상백헌(嘗百軒)

"바다를 다 건너도록 다행히 위험을 면했는데, 이는 진실로 두 나라가 친밀함을 두텁게 한 힘 때문이고, 그대들을 보게 되니 마치 이전부터 서로 안면이 있는 듯합니다. 머무르는 동안 만약 필요로 하는 것이 있어 다행히 글로 받아볼 수 있다면, 깊은 뜻을 따라 의지하겠습니다."

○ 아룁니다.   무라카미 계남

"보고 깨우칠 일이 매우 간절하고, 평소 품은 뜻은 발을 구를 만큼 급합니다. 재주도 없던 젊은 시절 침술을 업(業)으로 삼았으나, 타고난 소질이 낮고 좁아 그 뜻을 마치지 못했습니다. 그 궁금한 점을 글로 써서 높으신 식견(識見)을 더럽힙니다."

---

5 무라카미 계남(村上溪南) : 일본의 의원. 자는 계남(溪南), 호는 초재(樵齋).

태의백(大醫伯)[6] 기(奇) 공께 받들어 드립니다.

"높으신 이름은 우러러본 지 오래되었는데, 다행히 이제야 모습을 뵙고 인사드릴 수 있어 기쁘고도 황공(惶恐)한 지극함을 이기지 못하겠습니다. 제 성은 무라카미(村上)이고, 자는 계남(溪南)이며, 호는 초재(樵齋)입니다. 집안 대대로 침술을 업으로 삼았는데, 그 전래는 선조가 그대 나라 운해사(雲海士)의 제자 김득배(金得拜)에게 전해 받았습니다. 저는 그 원류(原流)를 따라 기구(箕裘)[7]의 일을 이을 수 있었고, 이는 모두 선사(先師)[8]가 내려주었습니다. 그러나 타고난 소질이 완고하고 우둔한데다가 침자(針刺)[9] 방법과 기술은 스승들이 없앤 지 멀고 오래되어 그 중요한 뜻을 잃었고 정신이 어지럽습니다. 그러므로 그 의심나는 것들을 모아서 감히 묻습니다. 「영추(靈樞)」 경맥편(經脉篇)에 '병(病)에는 시동(是動)[10]과 소생(所生)[11]이 있는데, 넘치면

---

6 태의(大醫) : 봉건시대 의원에 대한 직명의 하나. 태의원(太醫院)의 의원으로 국왕이나 궁정 친족들의 진료를 전문적으로 담당하였음. 또는 봉건시대 인품과 덕성, 의료 기술이 모두 우수한 의원에 대한 존칭.

7 기구(箕裘) : 가업(家業)을 계승함의 비유. 단단한 나무나 뿔을 휘어서 활의 몸을 만드는 것을 본 궁장(弓匠)의 아들은 먼저 부드러운 버들가지를 휘어서 키 만드는 일을 배우고, 단단한 쇠를 녹여 일하는 대장장이의 아들은 우선 부드러운 갖옷 만드는 일을 배워 쉬운 일부터 익혀서 차츰 어려운 본업에 들어간다는 뜻.

8 선사(先師) : 본받을 만한, 선대(先代)의 현철(賢哲)한 사람. 선현(先賢).

9 침자(針刺) : 침법(鍼法) · 자법(刺法). 금속제 침을 써서 인체의 일정한 체표부위를 자극함으로써 치료목적에 도달하는 것.

10 시동(是動) : 시동병(是動病). 경맥에 생긴 병 증후의 하나. 12경맥에 병이 생기면 해당 경맥과 관계된 장부들에 병 증상이 나타남. 증상에 따라 '시동병'과 '소생병'으로 나누는데, 시동병은 밖에서 작용한 병인에 의해 경맥과 그와 연계된 장 또는 부에까지 병적 증상이 나타난 것.

내려주고 모자라면 더해주며, 넘치거나 모자라지 않음은 경맥(經脈)¹²으로 얻는다.'고 말함은 이른바 사람의 병에 내(內)·외증(外證)이 있어 밖에서 말미암아 안에 미치거나 안에서 말미암아 밖에 미친다는 것이고, 또 내·외증을 함께 앓는 사람은 대개 이 편(篇)에서 말한 시동병이란 것은 외감(外感)이고, 소생병이란 것은 내상(內傷)이란 것이 아닙니까? 어째서 그렇게 말했습니까?

시동이란 것은 6기(六氣)의 병입니다. 6기는 쉬지 않고 빙빙 돌기 때문에 '시동'이라 말합니다. 대체로 3음(三陰)¹³·3양(三陽)¹⁴의 기(氣)는 겉에 있다가 하늘의 6기에 합합니다. 또한 모두 각각 손발의 경맥을 따라 도는데, 기가 밖에서 거스르니 병이 안에서 나타납니다. 또 조사해보건대, 시동이란 것은 병이 3음·3양의 기에 있어서 종시편(終始篇)¹⁵에서 말한 것과 같다면, 움직임은 인영기구(人迎氣口)¹⁶ 왼쪽

---

11 소생(所生) : 소생병(所生病). 12경맥의 병 증후. 내장의 병적 현상이 경락을 통해 몸 겉에 반영된 증후군.

12 경맥(經脈) : 인체 내부의 기혈(氣血)을 운행하며, 체내의 각 부분을 연결하는 주요 간선. 크게 정경(正經)과 기경(奇經)으로 나눌 수 있으며, 이것은 공동으로 경맥의 계통을 이룸.

13 3음(三陰) : 태음(太陰)·소음(少陰)·궐음(厥陰)의 3경맥을 총칭함. 그들 중에는 수3음(手三陰)과 족3음(足三陰)을 포괄했으므로 실제로는 6경맥임. 6경변증(六經辨證)에 있어서 3음에 관계되는 병증은 병사(病邪)가 신체 깊은 곳에 위치하거나 혹은 5장(五臟)에 병이 있음을 나타냄.

14 3양(三陽) : 태양(太陽)·양명(陽明)·소양(少陽)의 3경맥을 총칭함. 그들 중에는 수3양(手三陽)과 족3양(足三陽)을 포괄했으므로 실제로는 6경맥임. 6경변증(六經辨證)에 있어서 3양에 관계되는 병증은 병사(病邪)가 체표의 얕은 층에 위치하거나 혹은 6부(六腑)에 병이 있음을 나타냄.

15 종시편(終始篇) : 『황제내경(黃帝內經)』, 「영추(靈樞)」 제9편의 편 이름.

16 인영기구(人迎氣口) : 인영기구맥(人迎氣口脈). 인영맥과 기구맥을 합해서 이르는 말. 『동의보감』에는 왼팔 촌구 부위에서 뛰는 맥을 인영맥, 오른팔 촌구 부위에서 뛰는 맥을

과 오른쪽 촌구(寸口)[17]가 1~2배(倍) 왕성함 등으로 나타납니다. 병이
기에 있고, 경맥에는 없기 때문에 넘치면 내려주고 모자라면 더해준
다는 것은 관침편(官針篇)[18]에서 설명한 절피(絶皮)[19]를 얕게 찌르거나
더욱 깊이 찌른다는 것과 같습니다. 이것은 침놓는 얕음과 깊음을
따라 음양(陰陽)의 기가 한쪽으로 치우쳐 왕성함을 내려줌인데, 이는
피주(皮腠)[20]의 기질(氣質)만 얻고 경맥에는 미치지 못함입니다. 소견
이 좁아 풀이가 이와 같은데, 보사자법(補瀉刺法)[21]이 있습니까? 그
뜻을 자세히 알지 못하겠습니다.

소생(所生)이란 것은 12장부(十二臟腑)[22]의 병입니다. 12경맥(十二經
脈)이 장부에서 생겨나기 때문에 '소생'이라 말합니다. 대체로 장부
의 병은 밖으로 경증(經證)[23]에 나타납니다. 대개 5행(五行)의 기(氣)는

기구맥이라 하는데, 인영맥이 긴성(緊盛)하면 한사(寒邪)에 상한 것이고, 기구맥이 긴성
하면 음식에 상한 것이라고 했음.

17 촌구(寸口) : 맥 보는 부위의 하나. 양 팔목의 요골경상돌기 안쪽 맥이 뛰는 부위. 다시
촌(寸) · 관(關) · 척(尺)으로 나눔.

18 관침편(官針篇) : 『황제내경(黃帝內經)』, 「영추(靈樞)」 제7편의 편 이름.

19 절피(絶皮) : ① 살갗과 근육 사이. ② 살갗을 뚫는다는 뜻.

20 피주(皮腠) : 살갗의 문피(결)를 말함.

21 보사자법(補瀉刺法) : 보사법(補瀉法). 침을 놓을 때 보하고 사하는 방법. 허증 치료
수법을 '보법', 실증 치료 수법을 '사법'이라 함. 보법과 사법의 중간 수법을 평보평사법
(平補平瀉法)이라 함.

22 12장부(十二臟腑) : 6장6부(六臟六腑). '6장'은 '심(心)', '간(肝)', '비(脾)', '폐(肺)',
'신(腎)', '심포락(心包絡)', '6부'는 '담(膽)', '위(胃)', '대장(大腸)', '소장(小腸)', '방광
(膀胱)', '삼초(三焦)'

23 경증(經證) : 경맥은 모두 장부와 연계되었는데, 병사(病邪)가 경맥의 기(氣)를 침범했
지만, 아직 부(腑)에는 결집되지 않은 증상을 '경증'이라 함. 만약 부에 결집되면 이를
부증(腑證)이라 함.

5장소주(五臟所主)[24]하고, 6부(六腑)가 그것과 합하게 되니, 곧 폐(肺)・
비(脾)・심(心)・신(腎)・간(肝)이 6부에 있으면, 진액(津液)・기혈(氣血)
・골근(骨筋)이 되고, 이것은 모두 장부에서 생겨나는 것이니, 밖으로
경중에 나타납니다. 이는 모두 병인데, 안에서 말미암아 밖에 나타남
입니다. 또한 침자보사(針刺補瀉)[25]가 있습니까? 옳고 그름을 살피지
못하겠습니다.

거듭 조사해보건대, 이 편(篇)에서 '넘치거나 모자라지 않음은 경
맥(經脈)으로 얻는다.'고 말한 것은 만일 음양(陰陽)의 기가 넘치거나
모자람이 없지만, 생겨난 경맥이 조화롭지 못한데도 마땅히 경맥에
서 얻는다는 것입니까? 이른바 한 혈(穴)에만 근거해 주된 병증(病證)
의 경맥이라 살피고, 그 사질(邪疾)[26]에 침(針)을 끌어들임일 뿐입니
다. 대개 이와 같다면 수혈(兪穴)은 오히려 1푼 1치의 높고 낮음에도
얽매일 수 없습니다. 그러하니 모든 혈이 또한 같은 혈은 아닙니다.
그 경유(經兪)[27]가 주로 치료하는 데 있고, 또한 다른 경맥의 수혈(兪
穴)을 따름으로 하여금 그것을 주로 치료하게 되니, 다시 서로 같지

---

24 오장소주(五臟所主) : 오주(五主). 심(心)은 맥(脈)을 주관하고, 폐(肺)는 피(皮)를 주관
  하며, 간(肝)은 근(筋)을 주관하고, 비(脾)는 육(肉)을 주관하며, 신(腎)은 골(骨)을 주관함.
25 침자보사(針刺補瀉) : 침자보사법(針刺補瀉法). 침을 놓을 때 보하고 사하는 방법. 허
  증 치료 수법을 '보법', 실증 치료 수법을 '사법'이라 함. 보법과 사법의 중간 수법을 평보
  평사법(平補平瀉法)이라 함.
26 사질(邪疾) : 못된 병. 정신병(精神病).
27 경유(經兪) : 경혈(經穴). 경맥의 체표에 순행하는 경로 선상에 분포되어 있는 혈위(穴
  位)의 총칭이며, 12정경(十二正經)의 경혈과 기경(奇經)의 임(任)・독맥(督脈)의 경혈
  (즉 모두 십사경경혈(十四經經穴)이 됨)이 포괄됨.

않습니까? 이것은 도리어 지금의 치료에 일치합니다. 이 어찌 우연
히 잘 맞겠습니까? 그 나머지 폄석(砭石)²⁸·구설(灸焫)²⁹의 보사(補
瀉)³⁰와 정형유원(井滎兪原)³¹의 침놓음은 어떤 사람이 잘못 침놓는
방법이니, 『난경(難經)』의 자모(子母)³² 영수(迎隨)³³, 호흡(呼吸)³⁴ 영
수, 왕래(往來) 영수 등과 같다고 했는데, 그 보사의 뜻이 각각 다르
고, 하나로 정해지지 않았으며, 지금도 침자(針刺)로 의지합니다. 비
록 규구(規矩)³⁵·모범(模範)이 있다고 말하지만, 그것은 얻어 쓸 수
없습니다. 옛날에 자양(子陽)³⁶은 편작(扁鵲)을 얻어 그에게 의지하게

---

28 폄석(砭石) : 돌 침.

29 구설(灸焫) : 옛날에 쓴 뜸법. 뜸쑥이 탈 때에 생기는 열로 지지는 방법인데, 이로부터
  오늘의 뜸법이 발전해 왔음.

30 보사(補瀉) : 치료상의 중요한 두 원칙. '보'는 주로 허증(虛證)의 치료에 쓰이고, '사'는
  주로 실증(實證)의 치료에 쓰임. 침구(針灸)요법에 있어서는 각기 다른 수법을 응용해
  각기 다른 자극 강도와 특징이 나타나게 됨.

31 정형유원(井滎兪原) : 정형유원경합(井滎兪原經合). 5수혈(五兪穴)에 양경의 원혈인
  합곡(대장경), 완골(소장경), 구허(담경), 충양(위경), 경골(방광경), 양지(삼초경) 혈을
  합해 이른 말.

32 자모(子母) : 상생(相生) 관계에서 모자 관계. 아생자(我生者) 즉 내가 낳은 자가 자(아
  들)가 되고, 생아자(生我者) 즉 나를 낳은 자가 모(어미)가 된다는 것.

33 영수(迎隨) : 영수보사(迎隨補瀉). 침두보사(針頭補瀉). 침망보사(針芒補瀉). 고대 침
  을 놓는 수법의 일종. 즉 침을 놓을 때 침 끝을 경맥의 순행 방향에 따라 꽂는 것을 '수'라
  하며, 이것은 보법임. 침 끝을 경맥의 순행 방향과 반대로 꽂는 것을 '영'이라 하며, 이것
  은 사법임.

34 호흡(呼吸) : 호흡보사(呼吸補瀉). 고대 침을 놓는 수법의 일종. 환자가 숨을 들이쉴
  때 침을 놓고 내쉴 때 빼는 것이 사법이고, 이와 반대로 침을 놓고 빼는 것이 보법임.

35 규구(規矩) : 규구준승(規矩準繩). 걸음쇠·자·수준기(水準器)·먹줄. 일상생활에서
  지켜야 할 법도의 비유.

36 자양(子陽) : 편작(扁鵲)의 제자. 『고금의통(古今醫統)』에 따르면, 편작이 자양으로
  하여금 금속 침과 돌 침을 갈게 해 3양 5회(三陽五會)에 침을 놓아 괵(虢)나라 태자를

되었습니다. 그러므로 침(鍼)을 갈아 괵(虢)나라 태자를 살릴 수 있었
습니다. 그대에게 간절히 바랍니다. 진월인(秦越人)의 가르침을 내려
주신다면 매우 다행이겠습니다."
초재(樵齋) 무라카미(村上) 계남(溪南) 머리 조아려 인사드립니다.

○ 대답 두문

"공무(公務)로 머나먼 길을 오느라 정신은 피로하고, 잡스러운 일
들은 쓸데없이 너무 많아 편안하게 이야기할 수 없지만, 다행히 가져
온 책이 있습니다. 그러나 제 소견(所見)이 좁아 살펴볼 수도 없었습
니다. 잠깐 그 꾸짖음을 막아보고자 합니다."

○ 아룁니다. 계남

"넓고 큰 바다 건너 멀리 오셔서 찾아뵙고 안부를 여러 번 여쭈었
으니, 제 생각에도 그대는 싫증나고 괴로우실 것입니다. 그러나 이러
한 만남이 어렵기 때문에 거듭 수고로움을 꺼리지 못할 뿐입니다.
잘못이 너무나 많습니다. 그대의 책을 살펴보니, 정말 이는 일생 동
안 보지 못했던 것들입니다. 그 가운데 별혈(別穴)[37]이 실린 곳이 있

소생시켰음.

37 별혈(別穴) : 경외기혈(經外奇穴). 14경맥에 소속시키지 않은 혈. 임상치료 과정에서
얻은 경험에 기초해 계속 보충되고 있으며, 그 수는 1,500여개를 넘음. 근래에 새로 보충
되는 신혈(新穴)들도 넓은 의미에서 별혈에 포함됨.

어서 베껴 쓰고자 하는데, 허락하실지 모르겠습니다. 또 정형유경합
(井滎兪經合)[38]의 여러 혈(穴)이 실린 곳도 있는데, 그것들을 골라 쓴
다면 어떻겠습니까?"

○ 대답 두문

"혈로 병을 치료하는 논의에 대한 설명은 모두 제가 드린 책 속에
있습니다. 여러분은 이미 그것을 살펴보았고, 답하는 글을 써드리지
못합니다. 의심하며 보지 않는다면 다행이겠습니다. 이 책 외에 저
는 별다른 의견이 없습니다."

○ 또 아룁니다. 계남

"경락(經絡) · 수혈(兪穴)의 치수와 판단해 재는 방법은 예로부터 여
러 설명이 같거나 달라서 재주 없는 저는 연구하지 못했습니다. 만
약 침구(針灸)[39]를 잘못 써서 수혈에 알맞지 않는다면, 쓸데없이 멀쩡
한 살을 다쳐서 사람들을 해치게 될 것입니다. 따라서 병을 치료하
는 한격(扞格)[40]을 살피고, 가려 뽑기 어려운 것 모두 50개 혈을 모아
작은 책 하나를 만들었습니다. 삼가 그대에게 드리니, 잘못을 바로잡

---

38 정형유경합(井滎兪經合) : 5수혈(五兪穴). 12경맥에 각각 정 · 형 · 유 · 경 · 합의 5개 혈
   씩 모두 60개 혈을 가리킨 말. 모두 손발 끝에서 팔굽 및 슬관절의 사이에 있음.
39 침구(針灸) : 침놓는 방법과 뜸뜨는 방법을 합칭한 것. 침구요법(針灸療法).
40 한격(扞格) : 막고서 들이지 않음. 완강히 거절해 가까이하지 못하게 함.

아 주시기 바랍니다. 싫증이 몹시 심하실까 두려우니, 원컨대 다른
날 글로 써서 마음속의 지혜와 식견을 말씀해 분명히 알려주신다면,
한 사람의 다행이 아니라, 정말 오랜 세월 동안 다행일 것입니다."

○ 대답　　　　　　　　　　　　　　　　　　　　　　　두문

"그대가 침에 대해서 힘쓴다고 할 수 있을 것입니다. 바쁘게 볼
것들이 많고, 바쁜 일들도 특별히 많으니, 다른 날 다시 써서 대답해
드리겠습니다."

○ 기(奇) 공께 삼가 받들어 아룁니다.

"제 성은 무라카미(村上)이고, 자는 주남(周南)이며, 득응재(得應齋)
가 자호(自號)로, 계남(溪南)의 큰 아들입니다.
　우리나라 자법(刺法)은 호침(毫針)의 종류만 쓸 줄 알고, 시침(鍉
針)[41]을 놓는 방법은 모릅니다. 그 자법에 대한 가르침 베풀어 주시기
를 간절히 바랍니다."

○ 대답　　　　　　　　　　　　　　　　　　　　　　　두문

"말이 통하지 않음을 오직 한스럽게 생각할 뿐입니다. 대체로 작

---

41 시침(鍉針) : 9침(九針)의 일종. 침의 굵기가 굵고 침 끝이 무딤. 혈맥병(血脈病)과 열
　병(熱病)을 치료하는 데 주로 쓰임.

은 호침과 가는 삼릉침(三稜針)⁴²은 모두 왼손 엄지손가락을 써서 혈
(穴)을 눌러 찾고, 그 손톱 바깥쪽 끝을 취해 그곳을 찌릅니다."

○ 물음 　　　　　　　　　　　　　　　주남

"그 자법이 자세하지 않으니, 시험 삼아 제 몸에 침(針)을 놓아서
가르침을 분명히 보여주십시오."

○ 대답 　　　　　　　　　　　　　　　두문

"그 자법은 이와 같습니다." 곡지(曲池)⁴³·족삼리(足三里)⁴⁴에 침을 놓았는데,
비록 그 침은 컸지만, 심한 아픔을 느끼지 못했다.

○ 물음 　　　　　　　　　　　　　　　주남

"다른 침법(針法)의 침은 있습니까? 없습니까?"

---

42 삼릉침(三稜針) : 봉침(鋒針). 9침(九針)의 일종. 침 끝이 세모꼴이고 날이 있음. 주로
피하정맥(皮下靜脈)과 소혈관(小血管)을 찔러 옹종(癰腫)·열병(熱病)·급성위장염(急
性胃腸炎) 등을 치료함.
43 곡지(曲池) : 수양명대장경(手陽明大腸經)의 혈. 합혈(合穴)이며 토(土)에 속함. 팔굽
마디를 90˚로 굽혔을 때 생긴 금의 바깥 끝과 뼈마디 부위에서 노뼈 머리 안쪽 기슭을
연결한 선의 중간.
44 족삼리(足三里) : 족양명위경(足陽明胃經)의 혈. 족양명경(足陽明經)의 합혈(合穴)이
고, 위(胃)의 하합혈(下合穴)이며, 토(土)에 속함. 경골 조면의 1치 아래에서 굵은 정강이
뼈의 앞 기슭으로부터 1치 바깥쪽에 있음.

○ 대답 두문

"대종침(大腫針), 중종침(中腫針), 소종침(小腫針)이 있습니다. 이상 넓거나 좁은 침 3개를 품속에서 꺼내 보여주었다.

이것들은 습열(濕熱)이 엉겨 뭉쳐 종기를 만들어 통증이 심한 사람에게 씁니다."아래 글은 잃어버렸다.

계남(溪南)

"저희들은 애항(隘巷)[45]에 살아 스승과 벗의 도움조차 없습니다. 오늘 다른 나라의 훌륭한 의원을 만나 뵐 수 있었으니, 평소의 모색(茅塞)[46]이 갈라져 열리는 듯합니다. 어찌 그와 같은 것을 내려주셨는지 다행스럽고 감사합니다."

이상 필담(筆談)을 마치며, 거듭 절하고 물러났다.

○ 계남(溪南) 님께 감사드립니다.

"의술(醫術)에 대한 설명으로 말씀하신 것은 옛사람의 방법에 어긋남이 없습니다. 이와 같이 그치지 않는다면, 창자를 씻고 위(胃)를

---

45 애항(隘巷) : 좁고 지저분한 거리. 누항(陋巷).
46 모색(茅塞) : 길이 띠 풀로 인해 막힘. 인신해, 마음이 욕심 등 외물에 가려짐. 또는 어리석고 무지함의 비유.

씻는 재주에 거의 가까울 것입니다. 어찌 총명하고 지혜롭지 않겠습니까? 그대가 부지런히 힘쓰고 힘써서 만약 허실(虛實)을 보사(補瀉)하는 방법을 알고자 한다면,『의학입문(醫學入門)』47에 자오류주(子午流注)48의 방법,『신응경(神應經)』49에 침구(針灸)의 혈(穴)을 널리 배우고, 명확히 판별하며, 지키고 잃지 않아야만, 온갖 병의 치료에 잘 들어맞아 뒤에 반드시 일본의 창편(倉扁)50이 될 것입니다.”

때는 늦겨울 음력 12월 삼한(三韓)의 선무랑(宣務郎) 전연사직장(典涓司直長) 상백헌(嘗百軒)

○ 기(奇) 공께 거듭 받들어 드립니다.

“지금 비로소 지미(芝眉)51를 가까이하고, 두터운 은혜를 지나치게

---

47 『의학입문(醫學入門)』: 1624년 명(明)대 이천(李梴)의 저작. 내용은 장부도(臟腑圖) · 명대 이전의 의학가들에 대한 간단한 소개 · 경락(經絡) · 장부 · 진단(診斷) · 침구(針灸) · 본초(本草) · 외감(外感) · 내상(內傷) · 잡병(雜病) · 부유(婦幼) · 외과(外科) · 용약법(用藥法) · 고방가괄(古方歌括) · 급방(急方) · 괴병(怪病) · 치법(治法) · 의학학습규칙(醫學學習規則) 등임. 8권.

48 자오류주(子午流注): 옛날에 쓰던 침법의 하나. 음양5행과 날짜와 시간을 표시하는 천간(天干), 지지(地支) 및 5수혈(五兪穴)에 기초해 날짜와 시간에 따라 규정되어 있는 침혈을 선택해 치료하는 침법.

49 『신응경(神應經)』: 명(明)대 진회(陳會)가 짓고, 유근(劉瑾)이 교정(校訂)했음. 진회가 119개 혈(穴)을 취해 노래와 그림을 만들고, 병을 치료할 수 있는 중요한 혈을 모아 만들어서 학자들이 모범으로 삼고 지켰음. 2권.

50 창편(倉扁): 중국의 명의(名醫)들인 창공(倉公)과 편작(扁鵲)의 병칭. '창공'은 한(漢)대의 명의. 성은 순우(淳于). 이름은 의(意). 태창(太倉)의 장(長)이었으므로 부르는 이름.

51 지미(芝眉): ① 지초(芝草)같은 눈썹. 고대에 귀상(貴相)으로 여김. ② 편지에서 상대방의 얼굴을 높여 일컫는 말.

받아, 모르던 것을 알고 듣지 못했던 것을 들었습니다. 높으신 가르침으로 어리석음을 갑자기 열어주셨고, 지금 또한 훌륭한 글을 내려주셨습니다. 어찌 매우 많은 재물을 내려주신 것과 견주겠습니까? 진실로 세상에 드문 집안의 보배입니다. 물러나고자 하며 감사드립니다. 비단 돛달고 서쪽으로 돌아가실 때, 어떠한 것도 못합니다. 그러므로 쓰시마(對馬島)의 가신(家臣) 오우라(大浦)씨를 따라 종이옷 1폭(幅)을 보냅니다. 마음에 부족하나마 먼 길에 잊지 못하는 정성을 드리니, 여기에 존경해 우러러보고 그리워하는 뜻을 다합니다."

음력 12월 19일 무라카미 계남(村上溪南) 거듭 인사드립니다.

양동창화별록

○ 선사(禪師)의 운에 화답함   조태억(趙泰億)[52]

객지에서 가을 만나 귀밑머리 세었으니	客裏逢秋鬢欲霜
국화 울 솔 길에서 고향[53]을 생각하네.	菊籬松徑憶柴桑
바다 배 타고 올 때 파도가 굉장했고	來時海舶風濤壯

---

52 조태억(趙泰億, 1675~1728) : 조선 중기 문신. 자는 대년(大年), 호는 겸재(謙齋)·태록당(胎祿堂), 시호는 문충(文忠). 1710년 대사성(大司成)에 올라 1711년 통신사 정사(正使)로 일본에 다녀옴. 공조참의·여주(驪州)목사·부제학·형조판서·호조판서 등을 지냄. 초서·예서에 능했고, 영모(翎毛)를 잘 그렸음. 저서에 『겸재집』이 있음.

53 고향 : 시상(柴桑). 중국 동진(東晉)·송(宋)의 시인 도연명(陶淵明, 365~427)이 벼슬을 내놓고 돌아간 심양(潯陽)의 고향 이름에서 유래함.

에도를 떠나는 날 길은 길구나.　去日江關道路長
많은 집 누대들이 아름답게[54] 펼쳐졌고　萬戶樓臺開活畵
센바야시[55] 등자[56] 굴은 맑은 향기 보내오네.　千林橙橘送淸香
붓 끝에 먹물 찍어 고승 말에 억지로 화답하니　濡毫强和高僧語
나그네 길 한스러운 시정이 마음만 어지럽히네.　旅恨詩情攪寸腸

○ 세이켄지(淸見寺)[57] 지안(芝岸) 노사(老師)에게 사례해 지음

조평천(趙平泉) 태억

새벽녘 절을 잠시 지나게 되었는데　淸曉山門得暫過
누대 마루 털어낸 자리에 흰 구름만 가득하다.　樓頭拂席白雲多
봉우리 이어지는 후가쿠[58]엔 하얀 천년설　峯連富嶽千秋雪
해 솟아나는 푸른 바다엔 만 리 물결치네.　日湧滄海萬里波
꽃과 나무 따뜻한 땅에 늘 만발해 흐드러졌고　華樹地暄常爛熳
시 지은 늙은 스님 고상하게 읊조리네.　韻僧年老尙吟哦

---

54 아름답게 : 활화(活畵). 생동(生動)하는 그림이라는 뜻으로, 그림처럼 아름다운 경치의
　　비유.

55 센바야시(千林) : 일본 오사카(大坂)에 속한 지명.

56 등자(橙子) : 등자나무. 굴나무의 일종. 또는 그 열매.

57 세이켄지(淸見寺) : 일본 시즈오카(靜岡)시 시미즈 구에 있는 절. 679년에 창건되었고,
　　조선후기 12차례 파견된 통신사 가운데 10차례 지나며 들렸던 유서 깊은 곳이며, 1607년
　　과 1624년에는 통신사 일행이 숙소로 사용하기도 했음.

58 후가쿠(富嶽) : 일본 후지산(富士山). 이를 소재로 한 예술 작품이 많은데, 에도(江戶)
　　시대(1603~1867)를 풍미했던 판화 우키요에(浮世繪) 중 가쓰시카 호쿠사이(葛飾北齋)
　　의 '후가쿠36경' 연작 등이 유명함.

몹시 바삐 작별하고 물러나 제천[59]으로 떠나가며

匆匆却別諸天去

나라 일만 마음에 품고 사모[60]를 노래하네.　　王事關心四牡謌

○ 엔슈(遠州)[61] 찻집에서 다시 즐기며 지음

임정암(任靖菴) 수간(守幹)

판자집 쓸쓸한데 푸른 물굽이 바라보고　　板屋蕭然望碧灣

작은 배[62] 시든 연꽃 사이 깊이 매놓았네.　　蘭舟深繫敗荷間

향로에 한 줄기 차 연기 오르고　　金爐一穗茶煙起

멀리서 온 객 마차 세우고 잠시 얼굴을 펴네.　　遠客停驂暫解顏

○ 앉아 있는 여러분에게 곧 지어 올림　　이동곽(李東郭)[63]

나는 미친 사내로 본디부터 재주 없고　　東郭狂生本不才

58세 되도록 귀밑머리만 모두 세었다네.　　六十除二鬢全皚

뱃속엔 책 5천 권　　腹中文字五千卷

술 취한 속엔 호방한 기개 3백 잔.　　醉裏豪情三百杯

---

59 제천(諸天) : 모든 하늘. 중생이 생사(生死) · 윤회(輪廻)하는 삼계(三界)의 모든 하늘.

60 사모(四牡) : 『시경(詩經)』, 「소아(小雅)」의 편 이름. 사신(使臣)이 옴을 위로한 시.

61 엔슈(遠州) : 일본 시즈오카(靜岡)시 서부의 지명.

62 난주(蘭舟) : 목란(木蘭)으로 만든 아름다운 배. 작은 배의 미칭.

63 동곽(東郭) : 이현(李礥, 1654~?)의 호. 자는 중숙(重叔). 본관은 안악(安岳). 1675년 진사가 되었고, 1697년 중시(重試) 병과(丙科)에 합격했음. 좌랑(佐郎)을 역임했고, 1711년 통신사 때 제술관(製述官)이었음.

조정 반열을 여러 번 올라 거듭 벼슬아치 되었고

屢忝朝班仍作宰

거듭 선계⁶⁴에 올라 으뜸 자리 한번 차지했네. 再攀仙桂一居魁

마음은 너그럽고 넓어 한계가 없으니 胸懷坦蕩無畦畛

지금 왕조를 찾아 골라 다시 의심하지 않는다네

物色今朝更莫猜

○ 후지산(富士山)　　　　　　　　　이동곽(李東郭)

찬 기운이 뼛속까지 찌르니 冷氣砭人骨

가마꾼도 잠시 멈추네. 肩輿且少停

흰 눈만 1천 발이라 자랑하지 마세나 休誇千丈白

4계절 푸름을 다투건만. 爭似四時靑

○ 화야(華野) 사백(詞伯)⁶⁵께 차운해 보냄　　이동곽

역루로 추운 날 가마가 돌아오니 驛樓寒日小輿還

재자⁶⁶는 경지 높아 거듭 오를 수 있네. 才子高標得再攀

비 내린 뒤 파도는 큰 우물처럼 보이고 雨後波濤看大井

눈 속 푸른빛은 신산처럼 보이네. 雪中蒼翠見神山

그대는 자연 속에서 편안하고 한가한데 君能自在煙霞裡

---

64 선계(仙桂) : 월계수(月桂樹). 과거에 급제한 사람을 이름.

65 사백(詞伯) : 글을 잘 짓는 대가(大家). 시문(詩文)의 대가. 사종(詞宗).

66 재자(才子) : 덕(德)과 재능을 겸비한 사람. 또는 재능이 뛰어난 사람.

나는 어찌 이 세상에서 헛되이 살아가나.	我豈虛生宇宙間
나라 일 방해 없이 훌륭한 경치 파고드니	王事不妨窮壯觀
이 몸은 이 곳 따라 한가로움 깨닫네.	此身隨處覺淸閑

화야 사백께 차운해 보냄

범수(泛叟)[67]

날마다 머나먼 길 고삐 나란히 돌아오니	日日長途竝轡還
잠시 좋은 만남 오르기는 어렵구나.	一場佳晤亦難攀
아득히 먼 곳에서 중양절[68]을 보냈고	天涯斷送黃花節
구름 걸린 가장자리 눈 덮인 산 처음 보았네.	雲際初看雪色山
북두성 지난 외로운 배 은하[69]에서 만나고	貫斗孤槎期漢上
밤을 이어 내린 찬 비 은하에 가득 찼네.	連宵寒雨漲河間
가도 가도 버리지 못하는 읊조리는 흥	行行不廢吟哦興
바쁜 중에 장한 그대 뜻만은 한가롭구나.	忙裏多君意思閑

---

67 범수(泛叟) : 남성중(南聖重)의 호. 자는 중용(仲容). 1655년 통신사 종사관(從事官)
이었던 남용익(南龍翼, 1628~1692)의 아들. 1711년 통신사 때 종사서기(從事書記) 부사
과(副司果)였음.

68 중양절(重陽節) : 황화절(黃花節). 음력 9월 9일. 양수(陽數)인 9가 거듭되는 날인 데
서 이르는 말. 중구(重九).

69 은하(銀河) : 남북으로 길게 흰빛의 구름 모양으로 보이는 별의 무리. 은한(銀漢). 은하
수(銀河水). 은황(銀潢).

화야 사백께 차운해 보냄 용호(龍湖)[70]

머나먼 곳 떠난 사람 오랫동안 돌아오지 않고	天末行人久未還
다행히 만난 스님 기쁘게 뒤따르네.	賴逢仙侶喜追攀
넓고 아득한 구름 파도 일본 바다에 이어졌고	雲濤浩渺連桑海
높고 험한 눈빛 후지산으로 솟았구나.	雪色嵯峨聳富山
며칠이면 큰 거북 등 위에 오를 수 있을까.	幾日可登鼇背上

한 해는 바삐 돌아다니는 사이 끝없이 흘렀구나.

一秋空盡馬蹄間

그대에게 본디부터 읊조리는 버릇 있음을 알겠으나

知君素有吟哦癖

나그네 길 경치이니 한가롭지 못하다네.　客路風煙也不閑

후지산(富士山) 동곽(東郭)

| 후지산 높아 위로 하늘과 통하고 | 富士高與上天通 |
| 한없이 넓고 웅장하게 빙 두른 해가 떠오르는 동쪽 끝 | |

磅礴雄蟠日域東

| 오랜 세월 합해 성해져 맑고 온화한 천지의 기 | 萬古氤氳清淑氣 |
| 빨아들여 어떻게 가슴 속에 간직할 수 있을까. | 吸來安得貯胸中 |

---

70 용호(龍湖) : 엄한중(嚴漢重, 1665~?)의 호. 자는 자정(子鼎). 본관은 영월(寧越).
1706년 정시(庭試) 병과에 합격했음. 현감, 비서성(祕書省) 박사(博士), 고창군(高敞郡)
태수를 지냈음. 1711년 통신사 때 부사서기(副使書記)였음.

화답함 범수(泛叟)

구불구불 진한 때는 길 통하기 어려웠는데	區區秦漢路難通
다만 봉영[71]은 바다 동쪽에 있다고 말들 했네.	但說蓬瀛在海東
이 세상 신선들 거짓되지 않으니	天下神仙非妄耳
마침 이 산속에서 서로 만나보게 되네.	會應相見此山中

후지산 용호(龍湖)

먼 나라 하늘과 땅 한 눈에 다 보이고	海外乾坤一望通
후지산 우뚝 솟아 하늘 동쪽 쓰고 있네.	富山雄峙冠天東
미노오[72]엔 또한 금강산 경치 있으니	箕那亦有金剛勝
많고 많은 산봉우리 꿈속에도 완연하다.	萬萬千峰入夢中

화답함 범수

바닷물에 다리 없어 길이 통하지 않으니	海水無梁路不通
이번 여행길 언제쯤 간토[73]에 도착하려나.	此行何日到關東
은근히 오직 함께 찾아온 손님 있는데	慇懃獨有同來客

---

71 봉영(蓬瀛) : 봉래산(蓬萊山)과 영주산(瀛洲山). 모두 바다 가운데에 있으며 신선이 산다고 함.

72 미노오(箕那·箕面) : 일본 오사카부 미노오시 지역. 미노오 국립공원의 폭포는 일본의 폭포 백경(百景) 중 하나이고, 단풍의 명소로 유명함.

73 간토(關東) : 일본 혼슈의 동부에 있는 이바라기현, 도치기현, 군마현, 사이타마현, 지바현, 가나가와현, 도쿄 도의 1도 6현이 속한 지방.

나를 찾아도 숙소 안은 외롭고 쓸쓸하네.   訪我寥寥旅館中

봄날 그리움   안원(安媛) 홍경호(洪鏡湖)[74]의 첩(妾)

향불 향기 사그라지고 새벽하늘 되려 하는데   寶篆香銷欲曙天

갑자기 창 앞에 이른 새 지저귀는 소리를 듣네.   忽聞啼鳥到窓前

물가는 밤에 지났는데 산비가 웬일인가.   沙頭夜過何山雨

버들가지 아침에 돋고 물가엔 안개 자욱하네.   柳外朝生極浦烟

이별의 한 스스로 가여워 꽃 그림자도 어지러우니

    別恨自憐花影亂

봄철 시름 내 재주 통해 몰래 베푸네.   春愁暗與倆伎邊

옥 거문고로 〈강남곡〉[75]을 다 타고서   瑤琴彈罷江南曲

곡조마다 〈이란곡〉[76] 또 〈채련곡〉[77]이네.   曲曲離鸞又採蓮

---

74 경호(鏡湖) : 홍순연(洪舜衍, 1653~?)의 호. 자는 명구(命九). 시호는 봉호(封號). 본
관은 남양(南陽). 1705년 증광시(增廣試) 병과(丙科)에 합격했음. 1711년 통신사 때 정사
서기(正使書記) 판관(判官)이었음.

75 〈강남곡(江南曲)〉 : 중국 당대 말기 시인 온정균(溫庭筠, 812?~870)의 5언시. 같은
제목으로 허난설헌(許蘭雪軒, 1563~1589)의 시도 전함.

76 〈이란곡(離鸞曲)〉 : 〈쌍봉이란지곡(雙鳳離鸞之曲)〉. 재덕(才德)이 뛰어난 두 사람을 비
유한 내용의 노래. 중국 진(晉)대 갈홍(葛洪)이 편찬한 『서경잡기(西京雜記)』 권2에 "경안
세는 15세이고, 성제 때 시랑이 되었는데, 거문고를 잘 탔고, 〈쌍봉지란지곡〉을 연주할
수 있었다. (慶安世年十五, 爲成帝侍郎, 善鼓琴. 能爲〈雙鳳離鸞之曲〉)"는 기록이 있음.

77 〈채련곡(採蓮曲)〉 : 악부(樂府)의 곡명. 양무제(梁武帝)가 지은 〈강남롱(江南弄)〉 7곡
(七曲) 중의 하나. '채련'과 관련해서 '한나라 때 어느 여인이 홀로 연모하던 남자에게
연밥을 선물로 보냈는데, 이를 받은 남자는 연밥의 배아(胚芽)를 없애지 않아 맛이 써서
먹기에 좋지 않다고 타박을 하였다. 그러자 여인은 손톱이 아리도록 채취에 힘쓴 정성을
몰라주는 무심한 정인(情人)을 향해 당신을 그리워하는 괴로움을 알리고자 했다며 쓸쓸하

무정한 임을 원망함 　　　　　　　　　　　　안원

열다섯에 유자[78]에게 시집왔더니	五十嫁遊子
스무 살 다 넘도록 돌아오지 않누나.	二十猶未歸
이내 맘에 엉킨 심사 하소연 하려 하나	縱欲道心事
그를 만나 뵙게 될 기회마저 드물구나.	與須相見稀

차운해 운(雲) 스님[79]께 드림 　　　　　　동곽(東郭)

아득히 넓은 바닷물 언제나 마르려나.	悠悠海水何時盡
달리듯 외로운 거룻배 멀리 나아가네.	猶揭孤篷萬里征
저무는 노을빛을 되돌리고 싶지만 아! 잡지 못하네.	
	欲挽染光嗟未得
어둠이 오면 밝음이 가시니 너무도 무정하도다.	暗來明去太無情

차운해 운(雲) 스님께 드림 　　　　　　　　동곽

불교는 으뜸이니 거짓됨이 없고	竺敎元非妄
만나는 곳 모두 생각 속에 친근하네.	逢場意以親
한 평생 모두 모자라거나 넘치나니	平生缺滔最

고 담담하게 대답했다'는 내용의 고사(故事)가 전함. 따라서 '채련'은 연인을 골라 정한다
는 뜻으로 쓰이게 되었음. 같은 제목으로 허난설헌(許蘭雪軒, 1563~1589)의 시도 전함.
78 유자(遊子) : 먼 곳을 유람하거나 타향에서 지내는 사람.
79 스님 : 상인(上人). 지덕(智德)이 높은 승려. 또는 승려의 존칭.

내 유건[80] 쓰기도 싫증나네.　　　　　　　　吾厭載儒巾

○ **다시 세이켄지(淸見寺)를 지나다 지안(芝岸) 장로(長老)[81]에게 지어 올림**
　　　　　　　　　　　　　　　　　　　　조평천(趙平泉)

먼 나라 나그네 갈 길 더듬어 찾고　　　　　遠客貪程去
날은 차가운데 해 또한 저무네.　　　　　　天寒日又昏
이름난 누각 저버릴 수 없으니　　　　　　名樓不可負
부족하나마 돌이켜 가는 수레를 멈추네.　　聊復駐征軒

○ **평천 조(趙)공의 뛰어난 시를 받들어 화답함**
일본 토카이로(東海路) 스루가슈(駿河州) 거오산(巨鼇山)[82] 세이켄지 사자(賜紫)[83]
　　　　　　　　　　　　　　　　　　　승려 지안이 사례함

거오산 등성이 해는 서쪽으로 떨어지고　　鼇背日西落
찬 안개는 소나무 전나무 숲에 저무네.　　寒烟松檜昏
한은 사객[84]의 수레에 머무는데　　　　　恨留詞客駕

---

80 유건(儒巾) : 유생(儒生)이 쓰는 건. 과거에 급제하지 않은 선비들이 쓰는 것.
81 장로(長老) : 나이가 많고 덕(德)이 높은 사람. 특히 나이가 많은 고승(高僧).
82 거오산(巨鼇山) : 일본 시즈오카 현(靜岡縣) 시즈오카시 시미즈구에 있는 산.
83 사자(賜紫) : 자줏빛의 옷감을 하사함. 자주색은 당(唐)·송(宋) 때 3품(品) 이상인 관원에게, 비색(緋色)은 5품 이상 관원의 복색으로, 관위(官位)가 이에 미치지 못하는 경우에도 큰 공이 있거나 황제가 총애하는 사람에게는 특별히 자주색이나 비색의 옷감을 하사해 은총을 나타냈음.
84 사객(詞客) : 글을 잘 잣는 사람. 사인(詞人).

달빛은 날 갠 처마에 이르지 않는구나.   無月莅晴軒

○ 부사(副使) 종사(從事) 두 분께 삼가 드림   지안

거오산 경치 뭇 어진 사람 부르고   鼇山風光招衆賢
옛 글씨 지금 오히려 고운 종이에 빛나는구나. 舊題今尙燦華牋
이 길엔 이와 같이 아름다운 작품 없으나   此行若是無佳作
푸른 하늘 잠긴 찬 강은 마음을 비게 하네.   虛使寒江涵碧天

○ 지안 스님께 받들어 사례함   임정암(任靖菴)

신선 사는 산 수레 멈추고 예전 어진 이 좇으며仙山弭節躧前賢
흩어져 남은 것 골라 찾아 아름다운 글 모으네. 物色分留集彩牋
아득히 먼 금오산[85] 등성이 위에 앉으니   縹緲金鼇背上坐
노을은 끝없고 바다는 하늘에 떠있네.   夕陽無限海浮天

---

85 금오산(金鼇山) : 일본 시즈오카현(靜岡縣)에 있는 산. 보경사(寶鏡寺)가 있음.

○ 세이켄지의 호곡(壺谷)[86] 선생 시를 삼가 차운해 지안 스님께 보냄

이방언(李邦彦)[87]

아득히 먼 거오산엔 세이켄지	縹緲鼇山寺
넓고 아득한 큰 바다엔 파도.	蒼茫鯨海波
제천에 해는 비로소 기울고	諸天日初沒
이 땅의 나그네는 다시 지나네.	此地客重過
산골짜기 시냇물 수레 향해 떨어지고	石澗當軒落
숲에 서린 안개 퍼져 문으로 들어가네.	林霏入戶多
흰 눈썹 노인은 함께 이야기 나눌 만한데	厖眉可共語
이별의 시름은 또다시 어찌하나.	更奈別愁何

---

86 호곡(壺谷) : 남용익(南龍翼, 1628~1692)의 호. 자는 운경(雲卿). 시호는 문헌(文獻). 본관은 의령(宜寧). 조선 중기 문신. 1648년 정시문과(庭試文科)에 병과(丙科)로 급제했고, 효종 때 삼사(三司)에 있으면서 많은 일을 했음. 1655년 통신사 종사관(從事官)으로 일본에 다녀온 후, 좌참찬 · 예문관제학에 이르렀고, 1683년 예조판서를 겸임했으며, 1687년 양관(兩館) 대제학에 이어 이조판서가 되었음. 1689년 왕자의 정호문제(定號問題)로 숙종에게 항언하다가 기사환국(己巳換局)으로 명천(明川)에 귀양 가 죽었음. 저서에 『호곡집(壺谷集)』, 『부상록(扶桑錄)』 등이 있음.

87 이방언(李邦彦, 1675~?) : 자는 미백(美伯), 호는 남강(南崗) · 남강거사(南岡居士). 관향은 완산(完山). 1702년 전시(殿試) 문과에 합격했음. 홍문관(弘文館) 교리(校理) 지제교겸경연시강(知製敎兼經筵侍講), 춘추관(春秋館) 기주(記注) 등을 지냈고, 1711년 통신사 때 종사(從事) 통훈대부(通訓大夫)였음.

○ 지안(芝岸) 스님이 베껴둔 뛰어난 시를 보고, 그 시에 빨리
차운해 거듭 느낀 바를 지어 서기(書記)[88] 남중용(南仲容)[89]
군에게 보임
                                        이남강(李南岡)[90]

산사 누각 오랜 자취 여러 어진 이 생각하니	禪樓舊躅想諸賢
진귀한 글씨 성대하게 아름다운 글 빛내누나.	寶墨淋漓爛彩牋
내 본래 호곡 노인 제자이니	我是壺翁門下客
두 눈에 흐르는 눈물 견디지 못해 겨울 하늘에 흩뿌리네.	
	不堪雙淚洒寒天

내 일찍이 호곡 선생의 문하에서 학문을 배웠는데, 중용도 그때 아
버지의 가르침[91]을 받고 있었다.

신묘(辛卯)년(1711) 음력 11월 하순(下旬)

---

88 서기(書記) : 기록을 담당하는 사람.

89 남중용(南仲容) : 1711년 통신사 종사서기(從事書記) 부사과(副司果) 남성중(南聖重)
의 자.

90 이남강(李南岡) : 1711년 통신사 종사(從事) 통훈대부(通訓大夫) 이방언(李邦彦, 1675
~?)의 호.

91 아버지의 가르침 : 과정지훈(過庭之訓). 과정(過庭). 추정(趨庭). '마당을 종종걸음으
로 지나간다'는 말. 아들이 아버지의 가르침 받음을 비유함. 공자의 아들 이(鯉)가 마당을
종종걸음으로 지나가다 아버지에게서 시(詩)와 예(禮)를 공부하라고 두 차례나 야단맞은
이야기에서 유래함.

○ 다시 남강이 스님의 시에 차운해 드림

조선국 통신사 기실(記室)[92] 남중용 지음

을미(乙未)년(1655) 통신사 종사관(從事官) 호곡 공 남(南) 상서(尙書)[93] 용익(龍翼)의 아들이다. 호는 범수(泛叟).

막부의 명성은 옛 어진 이 부끄러워하고   幕府聲名愧昔賢
돌아가신 아버지 옛 자취 남겨진 종이에서 알아보네.

先君舊躅覓遺牋

나가토[94]에서 남은 생애 눈물 다 흘리지 못해   長門不盡餘生淚
다시 거오산에 흩뿌리니 날도 저무는구나.   更洒鼇山日暮天

나가토노쿠니(長門國)[95] 안토쿠지(安德寺)에서 수적(手蹟)[96]을 볼 수 있기 때문에 말했다.

이상 1수(首)는 어제 저녁 생각해냈는데, 사행(使行)이 바빠 이제 비로소 기록해 드린다.

---

92 기실(記室) : 후한(後漢)대 표장(表章)・서기(書記)・격문(檄文) 등을 담당하던 벼슬.
93 상서(尙書) : 진(秦)대 궁중의 문서에 관한 일을 맡았고, 한(漢)대 상소문을 맡아 보았으며, 수(隋)・당(唐)대는 육부(六部) 장관(長官)의 명칭이 되었음.
94 나가토(長門) : 일본 혼슈의 가장 서부에 위치한 야마구치(山口)현 나가토 시(市). 그 지리적 입지와 해류 관계로 예로부터 한반도와의 교류가 활발했었음.
95 장문국(長門國) : 과거 일본의 지방 행정 구분 중 하나. 영제국(令制國)에 속하고, 산요도(山陽道)에 위치하며, 현재 야마구치현의 서쪽에 해당됨. 일반적으로 조슈(長州)로 불리기도 함.
96 수적(手蹟) : 수적(手迹). 손수 쓴 글씨의 형적(形迹). 필적(筆跡).

○ 살타(薩埵)[97] 사카구치(坂口)의 찻집 즉석에서 일어나는 흥취(興趣)

이신(頤神)

차가운 조수 언덕 아래 겹쳐 쌓이고　　　　寒潮疊岸下

후지산은 처마 머리에 높이 솟았다.　　　　士嶽聳檐頭

난간 위로 바라보기 싫증나지 않으니　　　　欄上看無厭

한가로이 나그네 시름 잊어 보세나.　　　　悠悠忘旅愁

○ 세이켄지(清見寺)에 평천(平泉) 조(趙) 공의 뛰어난 시를 차운해 지음

이토재(伊藤齋)

해질 무렵 말 멈춰 이 길을 지나니　　　　晚來駐馬此經過

세이켄지 안에는 좋은 취미 많구나.　　　　清見寺中好趣多

오래된 산사 태교[98]의 길을 찾는 듯하고　　山古如尋台嶠路

높은 산문 석강[99]의 파도를 대하는 것 같네.　門高似對淅江波

각양각색 아름다운 경치 정말로 그림 같아　千般佳景眞圖畫

새로운 시 한 수를 아름답게 노래하고 읊조리네.

　　　　　　　　　　　　　　一首新詩巧詠哦

먼 나라 나그네 경치 빼어난 곳에서 우연히 놀게 되니

　　　　　　　　　　　　　　遠客偶遊形勝地

97　살타(薩埵) : 보리살타(菩提薩埵) 또는 마하살타(摩訶薩埵)의 약칭. 대보살(大菩薩). 대사(大士).

98　태교(台嶠) : 춘추 때 노(魯)의 땅. 지금의 산동성(山東省) 비현(費縣)의 남쪽에 있는 산.

99　석강(淅江) : 하남성(河南省)에서 발원해 단강(丹江)으로 흘러드는 강 이름.

잠시 쉬면서 〈위성가〉[100]를 부르네.　　　　　暫時休唱渭城歌

○ 마츠이 이즈미(松井和泉)[101]가 토요야마(豊山)[102]의 향기 좋은 먹을 만든 데 씀 묵 이름은 초뢰산(初瀨山)[103] 이동곽(李東郭)

토요야마의 오묘한 먹 제작은 가장 뛰어나다 일컬어졌고

　　　　　　　　　　　　　　　豊山妙製最稱奇

앞 사람 남긴 방법도 당시 큰 스승으로 변함없네.

　　　　　　　　　　　　　　　遺法當時自大師

짙은 빛 이끌어 잡아 몇 구를 써보니　　挹取濃光題數句

붓 끝에 윤기 흘러 그윽한 향기 따라 깨닫겠구나.

　　　　　　　　　　　　　　　筆頭澤覺暗香隨

---

100 〈위성가(渭城歌)〉: 위성곡(渭城曲). 악부(樂府)의 곡명. 당대 시인 왕유(王維, 701~761)의 7언절구. 친구와 송별(送別)의 아쉬움을 주제로 함. ‘양관(陽關)’을 소재로 하고 있는데, 이곳은 중국의 끝이자 고비사막의 끝단이며, 여기서부터 타클라마칸사막이 시작됨.

101 마츠이 이즈미(松井和泉): 나라(奈良)시대인 1577년에 창업해 먹을 만들어 팔던 상점인 ‘고매원(古梅園)’의 6대 주인. 나가사키(長崎)를 통해 청나라 먹 제조법을 들여와 먹을 개량시킨 인물로 평가받으며, 『고매원묵보(古梅園墨譜)』를 지었음. 현재 15대 주인이 회사를 이어가고 있으며, 일본의 유형문화재로 등록되어 있음.

102 토요야마(豊山): 일본 아이치(愛知)현 나고야(名古屋)시 니시카스가이(西春日井)군에 있는 지명.

103 초뢰산(初瀨山): ‘초뢰’는 옛날 일본에 설치된 지방 행정 구분 상 나라의 하나인 야마토쿠니(大和國)의 지명.

○ 사쇼우(佐生) 사사키현룡(佐佐木玄龍)의 시 두루마리 속 창랑(滄浪)[104] 선생 시를 따라 차운함 이동곽

일가 이뤄 미묘함을 오롯이 하고	一家專美妙
두 세대의 천기[105]도 빼앗았다네.	兩世奪天機
필획을 굴린 마음은 장인되었고	運畫心爲匠
종이에 쓴 필적은 나는 듯하네.	臨牋筆若飛
초서는 굽힘없이 굳세다 일컬을만하고	艸猶稱倔强
해서 또한 빈틈없는 경지에 들어섰구나.	楷亦入精微
나 또한 붓 휘둘러 글씨 쓰기 원하지만	我且要揮洒
몇 자만 귀하게 간직하고 돌아간다네.	珍藏數字歸

○ 매강(梅江)에게 차운해 드림 이동곽(李東郭)

푸른 봄 도성 큰 길에 귀인의 수레 이르고	靑春紫陌早鳴珂
남쪽의 좋은 향기 늘 실려 오니 〈남풍가〉[106]로 화답하네.	
	每入南薰和舜歌
백발로 늦게나마 아주 먼 곳 나그네 되었으니	頭白晚爲天外客
나그네 시름 이별의 슬픔 몹시도 괴롭히누나.	旅愁離恨惱人多

---

104 홍세태(洪世泰, 1653~1725)의 호. 자는 도장(道長). 호는 유하거사(柳下居士). 시를 잘 지어 식암(息菴) 김석주(金錫冑)의 칭찬을 받았으며, 농암(農巖) 김창협(金昌協), 삼연(三淵) 김창흡(金昌翕) 등과 주고받은 시가 많음. 30세이던 1682년에 통신사를 따라 일본에 다녀왔음.

105 천기(天機) : 천지조화(天地造化)의 심오(深奧)한 비밀.

106 〈남풍가(南風歌)〉 : 〈순가(舜歌)〉. 음악을 좋아했던 순(舜)이 지어 불렀다는 노래.

○ 홍창랑서(洪滄浪書)

조선국 창랑 홍세태(洪世泰)가 일본국 오노 즈루산(野鶴山)[107] 님께
글을 삼가 드립니다.

저와 그대가 헤어진지도 벌써 30년 정도 되었을 것입니다. 그대께
서 탈 없이 잘 지내시는지 아닌지 모르겠습니다. 저 또한 이 세상에
있기는 하지만, 나이 들고 정력도 쇠퇴했으니, 마침내 여러 해 전 서
로 만나본 사람이 아니라면 불쌍히 여길 수 있을 것입니다. 혼세이지
(本誓寺)[108]에 머무르며, 그대와 함께 시를 주고받던 날들을 늘 생각합
니다. 이야기로 웃음꽃을 피우던 즐거움, 감정과 뜻의 미더움은 정말
자산저호(子産紵縞)[109]의 뜻에 부끄럽지 않을 것입니다. 지금 그 시편
(詩篇)이 상자 속에 간직되어 있어 틈나는 대로 펴서 읽는데, 탄식하듯
감회(感懷)가 일어납니다. 머리를 숙이고 이리저리 돌아다닌 지 오래
되었고, 그대를 생각함 또한 당연할 것입니다. 아! 저와 그대는 이 세
상 다른 나라에 살고, 서로 거리가 매우 멀며, 산과 바다가 사이에 있
습니다. 오직 이처럼 풍마우불상급(風馬牛不相及)[110]이니, 오가는 것은

---

107 오노 즈루산(野鶴山) : 小野鶴山.

108 혼세이지(本誓寺) : 일본 도쿄(東京) 니혼바시(日本橋) 바쿠로쵸(馬喰町)에 있는 절.
1682년 제7회 통신사까지 에도(江戶)에 도착한 통신사의 숙소로 사용되었음. 그러나 화
재로 소실된 까닭에 1711년 제8회 통신사부터는 아사쿠사(淺草)의 히가시혼간지(東本願
寺)가 숙소로 정해졌음.

109 자산저호(子産紵縞) : '저호'는 원래 '고운 모시 옷'을 가리키는데, 국제간 친한 벗들
사이에 주고받은 선물이나 그 교제를 뜻하는 말로 쓰임. 이것은 오(吳)나라 계찰(季札)이
정(鄭)나라 자산(子産)에게 '흰 명주 띠(縞)'를 선사하자, 자산이 그 답례로 계찰에게 '모
시 옷(紵)'을 보낸 고사에서 연유된 것임.

이러한 마음 뿐입니다. 계해(癸亥)년(1683) 가을에 쓰신 그대의 시 30수
(首)를 쓰시마(馬島)에서 전해와 얻게 되었습니다. 그 글을 살펴보니 넉
넉히 넓고, 뜻이 정성스러우며, 진지하고 정(情)이 두터웠습니다. '뜻
을 함께하는 수계(修契)[111] 많으니, 귀인(歸仁)[112]하여 그린 초상화(肖像
畵)를 다투네.'란 구절에 이르러서는 아래 설명에 '헤어진 뒤 여러 사
람이 자주 공의 모습을 그렸는데, 나로 하여금 칭송하는 말을 하게 했
다.'고 하셨습니다. 어째서 그대가 저를 사랑함은 이처럼 깊습니까?
여러분의 간절히 잊지 못하는 뜻 또한 알 수 있을 듯합니다. 답을 돌
려보내 깊고 후한 정의(情誼)에 감사드림이 마땅하지만, 『춘추(春秋)』
의 뜻 중에 '대부(大夫)[113]에게는 외교(外交)[114]가 없다'고 했습니다. 그
러므로 예법(禮法)을 벗어나고 의로움을 범해서 성인(聖人)에게 죄를
짓는다는 이것만 두려워하고 있는지 감히 알지 못하겠으나, 감히 그
대를 잊지도 못하겠습니다. 그런데 마음속으로 감괴(感愧)[115]하고 스스
로 풀지도 못하겠습니다. 요즈음 두 나라가 탈 없이 평안하고, 오래된
우의(友誼)를 본받아 행하고 있습니다. 사신(使臣)이 동쪽으로 나가 국

---

110 풍마우불상급(風馬牛不相及) : 멀리 떨어져 있어 구애(求愛)하는 마소가 서로 만나
   지 못함. 서로 아무 관계가 없음의 비유.
111 수계(修契) : 시를 짓고 즐기기 위해 모인 모임으로 요즈음의 시동인(詩同人)과 같은
   것. 시계(詩契). 시사(詩社).
112 귀인(歸仁) : 인덕(仁德)을 사모해 따름.
113 대부(大夫) : 벼슬 이름. 주(周)대에는 경(卿)의 아래, 사(士)의 위였고, 진한(秦漢)
   때는 자문을 맡던 직책임.
114 외교(外交) : 신하가 개인적으로 제후를 만남. 외국과의 개인적 교제. 지금은 나라와
   나라 사이의 교섭・왕래.
115 감괴(感愧) : 남의 덕(德)에 감동하고 자신이 미치지 못함을 부끄럽게 여김.

경이 통하니, 감히 편지를 부쳐 보내 그대에게 감사드리며, 이어서 절구(絶句) 3수(首)가 뒤에 있으니, 한번 훑어보고 화답해주시면 다행이겠습니다. 제술관(製述官)[116] 동곽(東郭) 이중숙(李重叔)[117]은 제 벗이자, 인후(仁厚)[118]의 큰 아들입니다. 지극한 재능과 학문을 갖추고 있으니, 그를 잘 대접해주십시오. 그대는 저에게 이와 같은 사랑을 보여주셨는데도 만나 뵐 수 없으니, 우리 중숙을 만나봄이 마땅히 저를 만나봄과 같습니다.

그대의 글 중에 이른바 '제 초상화(肖像畵)'는 지금 간직한 사람이 있다면, 중숙이 돌아올 때 부쳐주십시오. 제가 지금은 이미 늙은 듯하나, 몰래 그것을 보내주시기 바라니, 온 집안사람과 자식들로 하여금 젊고 혈기 왕성했던 시절의 얼굴을 알게 하고 싶습니다. 각자 하늘 한 쪽 끝에서 삼상(參商)[119]처럼 서로 떨어져 있고, 이 편지 뒤로는 다시 편지 쓰기 어려울 것입니다. 편지를 쓰다 멍해져 그리워할 수도 없습니다. 부디 바라는 것은 몸을 보호하고 아끼셔서 보고 싶은 그리움을 위로해주십시오. 할 말은 많지만, 다 쓰지 못합니다.

116 제술관(製述官) : 글 쓰는 능력이 뛰어난 사람 중 선발되어 사행 시 글로 대화하거나 창으로 시를 주고받는 사람.
117 이중숙(李重叔) : 1711년 통신사 제술관 이현(李礥, 1654~?)의 자.
118 이인후(李仁厚) : 이현(李礥)의 부친.
119 삼상(參商) : 서쪽의 삼성(參星)과 동쪽의 상성(商星). 친구가 멀리 떨어져 있어 서로 만나지 못함의 비유.

봉해[120]의 선사[121]는 한 꿈으로 돌아오니　　　蓬海仙槎一夢還

일본의 소식은 끝없이 넓은 사이에 있구나.　　日東消息杳茫間

머나먼 곳 알 수 없으니 지금은 어떠할까.　　不知萬里今何似

30년이 흘렀구나. 오노 즈루산이여!　　　　三十年來野鶴山

일본 가는 사신 올해도 이웃하러 찾아가기에　東使今年又聘隣

푸른 바다 지켜보니 가슴속 먼지 없어지누나.[122]　試看滄海未生塵

흰 머리 붉은 뺨은 홍애자[123]인데　　　　白髮丹頰洪厓子

그림 속에서 일찍이 젊은이가 되었구나.　　畫裏曾爲少壯人

한 번 헤어져 소식은 다시 통하지 않고　　一別音書不復通

이 생애 서로 못 만남 어쩔 수 없네.　　此生無那馬牛風

그리움은 부상에서 떠오르는 태양과 같아　相思却似扶桑日

만약 져서 서쪽 와도 다시 동쪽에 떠오른다네.　纔落西來復出東

　　　　신묘(辛卯)[124]년(1711) 음력 5월[125]의 상순(上旬)[126]

---

120 봉해(蓬海) : 발해(渤海) 중에 있다는 봉래(蓬萊) 선산(仙山).

121 선사(仙槎) : 해상(海上)과 은하(銀河)를 왕래한다는 신화 상의 뗏목.

122 가슴 속 먼지가 없어지누나 : 흉중생진(胸中生塵). '가슴에 먼지가 생긴다'는 뜻. 사람
을 잊지 않고 생각만 오래 하면서 만나지 못함을 일컫는 말.

123 홍애자(洪厓子) : 홍애선생(洪崖先生). 상고의 선인(仙人). 여기서는 홍세태(洪世
泰) 자신을 가리킴.

124 신묘(辛卯) : 중광단알(重光單閼). '중광'은 십간(十干) 중 '신(辛)'을 고갑자(古甲子)
로 이르는 말이고, '단알'은 십이지(十二支) 중 '묘(卯)'를 고갑자로 이르는 말임. 따라서
이는 신묘(辛卯)년인 1711년을 가리킴.

125 음력 5월 : 유빈(蕤賓).

126 상순(上旬) : 상완(上浣).

○ 답서(答書)

일본국 도바루 야기(桃原野沂)[127]가 조선국 창랑 홍(洪) 선생님께 받들어 회답합니다.

임술(壬戌)년(1682) 가을에 저는 20세였는데, 잠깐 식형(識荊)[128]하고, 한 번 헤어져 지금까지 30년이 지났습니다. 우러러봐도 미치지 못했고, 그리움은 여러 해 되었습니다. 올해 그대 나라가 인호(隣好)[129]를 닦도록 예를 갖추어 방문하는 사신을 보냈습니다. 통신사 일행이 에도(江都)에 왔는데, 제술관(製述官) 이중숙(李重叔)도 그 일행을 좇아 왕명(王命)을 받들고 파견되었습니다. 하루는 제가 큰 아들 활(活)[130]을 이끌고, 혼간지(本願寺) 숙소를 방문해 제술관과 때마침 만나 함께 시를 주고받았습니다. 그 사람 됨됨이는 온화하고 너그러웠으며, 순박하고 진실했으며, 기억력이 좋았고, 재주가 많았으며, 움직이면 문장이 나왔습니다. 친절한 대접은 사랑할만했는데, 편지 한 통을 전하기에 사례하고 받아보니, 저희 어르신에게 부치신 글이었습니다. 상황이 분명해 한편으로 기뻤고 한편으로 슬퍼서 어찌할 바를 몰랐습니다. 제 부친께서는 세상을 하직하셨고, 16년이 지났습니다. 대신 그 봉투를 열어보았는데, 진지하고 정(情)이 두터우며 간절하고, 시문(詩文)은 매

---

127 도바루 야기(桃原野沂) : 오노 즈루산(小野鶴山)의 아들.
128 식형(識荊) : 식한(識韓). 오랫동안 그 명성만을 들어오던 귀인(貴人)을 처음으로 만나게 됨의 비유. '한(韓)'은 형주태수(荊州太守) 한조종(韓朝宗)을 이름.
129 인호(隣好) : 이웃과 사이좋게 지냄.
130 활(活) : 도바루 야기(桃原野沂)의 큰 아들.

끄럽고 아름다우니, 부친께서도 영혼이나마 머리를 끄덕이며 즐겁게
나아가 살펴보실 것입니다. 그대께서는 나이 들고 정력도 쇠퇴했으나,
비록 이렇다 하더라도 확삭(矍鑠)[131]하고 젊어 튼튼하시니, 매우 기쁘
게 지극히 축복하며, 가장 높은 지혜는 손가락을 꼽을 만큼 뛰어나십
니다. 60세를 조금 지나 서로 헤어진 뒤로 제 부친께서는 평소 걸핏하
면 그대를 빗댄 말을 하셨습니다. 계해(癸亥)년(1683) 가을에 때마침 쓰
시마(馬島)의 순풍(順風)에 의지해 시(詩)를 부쳤지만, 소식은 서로 실어
보낼 수 없음을 일찍이 탄식하셨습니다. 올해 다행히 편지 한 통을 보
내시니 세상에 없던 일입니다. 아! 저승 사람은 불러일으키기 어려우
니, 다만 저희들 형제로 하여금 지나간 일에 대한 생각을 보탤 뿐입니
다. 지난날 시(詩) 중에 초상화(肖像畵)의 일은 그 말이 틀리지 않습니
다. 우리나라의 솜씨가 뛰어난 사람인 후루카와 카노(古川狩野)가 늘
믿음직해 그 초상화를 그렸습니다. 제 부친께서 칭송하는 말을 하신
것은 서너 폭(幅)인데, 어떤 것은 재앙을 만나 없어졌고, 어떤 것은 먼
지방에 있어서 가져오기 어렵습니다. 법인(法印)[132] 후루카와(古川)가
나이는 70세를 넘었지만 다행히 세상에 살아있습니다. 새로 그림을

---

131 확삭(矍鑠) : 노인의 눈빛이 번쩍거리고 빛나며, 정력이 왕성한 모양. 노인이 여전히
   강건하여 젊은이처럼 씩씩한 것. 『후한서(後漢書)』 권24 「마원열전(馬援列傳)」에 동한
   (東漢)의 복파장군(伏波將軍) 마원(馬援)이 62세의 나이에도 불구하고 말에 뛰어올라
   용맹을 보이자, 한무제(漢武帝)가 '이 노인네가 참으로 씩씩하기도 하다(矍鑠哉是翁
   也).'라 찬탄했다는 고사가 전함.
132 법인(法印) : 불법이 정법(正法)임을 증명하는 표준. 불법의 특징. 불교의 근본 교의.
   이 표준으로 제행무상(諸行無常)·제법무아(諸法無我)·열반적정(涅槃寂靜)의 삼법인
   (三法印)이 있음.

그리도록 했는데, 제 부친이 남기신 문집(文集)에 그 칭송하는 말이 쓰여 있어 부친을 대신해 써드립니다. 또 절구(絶句) 3수(首)에 화답해 조신(潮信)[133]에 보내드립니다. 그때 일과는 비록 다르더라도 이치는 당연한데, 얼굴 모양 그린 것을 누가 지난날 내빙(來聘)[134]했던 때와 비교하겠습니까? 온 집안사람과 아이들에게 '나 또한 장년(壯年)[135]을 뛰어넘었는데, 어떠하냐?'고 말씀하십시오. 평소 자주 앓았고, 나이는 50세도 못되었지만 머리털은 유독 반쯤 희었습니다. 만약 평봉(萍逢)[136]을 얻었거나, 감히 옛날에 서로 만났던 사람이 아니라면, 붙잡고 탄식할 만하구나! 나라가 다르고 바다가 넓어 편지 전하기 어려운데, 또 붓만 잡고 있습니다. 창연(悵然)[137]하여 마음만 겹겹의 강과 산으로 달려갈 뿐입니다. 밝게 살펴주십시오. 다 쓰지 못합니다.

이번에 떠난 아름다운 사람 돌아올 줄 모르기에　此去佳人歸不還

서쪽 끝 애달프게 바라보니 보일 듯 말 듯 한 사이로세.

西邊望斷有無間

내 꿈에 의지해 천리를 뛰어넘고자 하지만　欲憑飛夢超千里

133 조신(潮信) : 조수(潮水). 달의 인력(引力)에 의해 주기적으로 바닷물이 밀려들고 밀려 나가는 현상. 또는 그 물. 아침에 밀려들었다가 나가는 바닷물.
134 내빙(來聘) : 예물을 가지고 찾아옴.
135 장년(壯年) : 장성(壯盛)한 나이. 30~40세의 건장하고 혈기 왕성한 나이. 장령(壯齡). 장치(壯齒).
136 평봉(萍逢) : 평수상봉(萍水相逢). 물 위를 떠다니는 부평초가 서로 만남. 우연히 서로 만남의 비유.
137 창연(悵然) : 실의(失意)에 빠진 모양.

푸른 바다 구름에 가리고 구름은 산에 가리네.	滄海隔雲雲隔山
위수와 강운[138]은 이웃 맺기 어려우니	渭樹江雲難結隣
옛날 한 번 헤어지곤 그대 간 곳만 바라보네.	昔年一別只望塵
그대가 달려온 뜻에 사례하려 내 노인처럼 섬겼고[139]	
	謝君馳意老吾老
임술년에 왔던 손님 몇 사람을 알겠구나.	壬戌來賓知幾人
실정은 달라도 사신 큰 배따라 통하여	情實殊從使舶通
한 통 편지를 애처로운 바람에 맡긴다네.	一封書信託悲風
가여운 흰 학은 절에서 꿈꾸고	可憐白鶴山房夢
외로운 달 일본 동쪽 하늘에 덩그러니 걸려있네.	孤月空懸日本東

정덕(正德) 원년(元年) 신묘(辛卯)년(1711) 동짓날

양동창화별록(兩東唱和別錄) 끝.

정덕 2년(二年) 해의 차례는 임진(壬辰)년(1712) 음력 3월

---

138 위수와 강운 : 벗을 간절히 그리워하는 마음을 뜻함. 두보(杜甫)가 이백(李白)을 그리
워하면서 지은 〈춘일억이백(春日憶李白)〉에 "위수 북쪽엔 봄 하늘에 우뚝 선 나무, 강
동쪽엔 저문 날 구름(渭北春天樹 江東日暮雲)"이란 구절이 있음. '위북'은 두보가 살던
곳이고, '강동'은 이백이 있던 곳임.

139 내 노인처럼 섬겼고 : 『맹자(孟子)』, 「양혜왕(梁惠王)」 상(上)에 "내 노인을 노인으로
섬겨서 남의 노인에게까지 미치며, 내 어린이를 어린이로 사랑해서 남의 어린이에게까지
미친다면 천하를 손바닥에 놓고 움직일 수 있다(老吾老 以及人之老 幼吾幼 以及人之幼
天下可運於掌上)."는 구절이 있음.

나니와 서점(浪速書林) 무라카미 세이조로(村上淸三郞) 식전이병위(植田伊兵衛)
목판으로 만듦.

한사관직성명(韓使官職姓名)

○ 삼사(三使)

정사(正使)[140] 통정대부(通政大夫)[141] 이조참의(吏曹參議)[142] 지제교(知
製敎)[143] 조태억(趙泰億) 호(號)는 겸재(謙齋) 또는 평천(平泉).

부사(副使)[144] 통훈대부(通訓大夫)[145] 홍문관전한(弘文館典翰)[146] 지제
교겸경연시강(知製敎兼經筵侍講)[147] 춘추관편수(春秋館編修)[148] 임수간(任

---

140 정사(正使) : 통신사 행렬에서 가장 높은 관리로 사절단의 총책임자.

141 통정대부(通政大夫) : 조선시대 문관(文官)·종친(宗親)·의빈(儀賓)의 정3품 관계
(官階).

142 이조참의(吏曹參議) : '이조'는 조선시대 관리의 임명, 봉록(俸祿) 및 등용 시험을 보
는 문선(文選)과 관리의 공훈봉작(功勳封爵)을 맡는 훈봉(勳封), 관리들의 근무 성적을
평정하는 고과(考課)를 관장했던 관아(官衙). '참의'는 조선시대 6조(六曹)의 정3품 벼
슬. 참판(參判)의 다음.

143 지제교(知製敎) : 조선시대 임금의 교서(敎書)를 제술하는 소임을 맡았던 관직.

144 부사(副使) : 정사(正使)를 수행하면서 보좌하고 사무를 돕는 사람.

145 통훈대부(通訓大夫) : 조선시대 문관(文官)·종친(宗親)·의빈(儀賓)의 정3품 관계
(官階).

146 홍문관전한(弘文館典翰) : '홍문관'은 조선시대 궁중의 경서(經書)·사적(史籍)의 관
리, 문한(文翰)의 처리 및 왕의 자문에 응하는 일을 맡아보던 관청. '전한'은 홍문관에
소속된 종3품의 벼슬.

147 경연시강(經筵侍講) : '경연'은 군주에게 유교의 경서(經書)와 역사를 가르치던 교육
제도, 또는 그 자리. '시강'은 천자 또는 황태자의 학문을 지도하던 벼슬.

148 춘추관편수(春秋館編修) : '춘추관'은 조선시대 역사의 기록과 편찬을 담당하던 관청.

守幹) 호는 정암(靖菴).

종사(從事)¹⁴⁹ 통훈대부(通訓大夫) 홍문관교리(弘文館校理)¹⁵⁰ 지제교겸
경연시강(知製敎兼經筵侍講) 춘추관기주(春秋館記注)¹⁵¹ 이방언(李邦彦)
호는 남강거사(南岡居士).

○ 상상관(上上官)¹⁵² 3명 일본 말을 통역함.

동지(同知)¹⁵³ 이석린(李碩麟) 자(字)는 성단(聖瑞). 첨지(僉知)¹⁵⁴ 김시
남(金始南) 자는 중숙(重叔).

첨지(僉知) 이송년(李松年) 자는 구숙(久叔).

○ 학사(學士)

제술관(製述官) 전(前) 좌랑(佐郎)¹⁵⁵ 이현(李礥) 자는 중숙(重叔) 호는

'편수'는 여러 가지 자료를 모아 책을 지어내던 벼슬.

149 종사(從事) : 종사관(從事官). 매일 일어나는 일을 기록해 돌아온 뒤 국왕에게 보고하
고 사신 일행의 불법행위를 단속하는 사람.

150 교리(校理) : 조선시대 홍문관(弘文館)의 정5품 벼슬.

151 기주(記注) : 조선시대 춘추관(春秋館)의 사실을 기록하던 벼슬.

152 상상관(上上官) : 당상왜학역관(堂上倭學譯官). 당상관인 역관으로 높은 직위의 통
역 관리.

153 동지(同知) : 조선시대 '지(知)' 다음 가는 벼슬. 경연, 예문관, 춘추관, 의정부, 삼군
부 등에 딸린 종2품에 해당하는 벼슬 이름. 나중에는 흔히 벼슬 없는 노인을 존칭하는
말로도 쓰였음.

154 첨지(僉知) : 조선시대 중추원(中樞院)에 속한 정3품 무관의 벼슬. 나이 많은 남자를
낮잡아 이르는 말로도 쓰였음.

동곽(東郭) 본관은 안악(安岳)이다. 갑오(甲午)년(1654)에 태어나서 을묘 (乙卯)년(1675)에 진사(進士)[156]가 되었고, 계유(癸酉)년(1693)에 감과(柑科)[157]에 장원급제(壯元及第)했으며, 정축(丁丑)년(1697)에 또 중시(重試)[158]에 합격했다. 전(前) 안릉태수(安陵太守)[159]를 지냈고, 지금은 제술관이며, 56세이다.

○ 서기(書記)

정사서기(正使書記) 판관(判官)[160] 홍순연(洪舜衍) 자는 명구(命九) 호는 경호(鏡湖).

부사서기(副使書記) 전(前) 현감(縣監)[161] 엄한중(嚴漢重) 자는 자정(子鼎) 호는 용호(龍湖) 진사(進士)에 급제(及第)했고, 비서성박사(秘書省博士)[162]와 고창군태수(高敞郡太守)[163] 직(職)을 지냈다.

---

155 좌랑(佐郎) : 조선시대 6조(六曹)의 정6품 벼슬.

156 진사(進士) : 조선시대 소과(小科)의 하나인 진사과(進士科)에 합격한 사람.

157 감과(柑科) : 황감과(黃柑科). 조선시대 제주도(濟州島)에서 황감(黃柑)이 올라오면, 특별 시험을 치는 법도가 있었는데, 이를 황감과, 황감제(黃柑製)라 했고, 감제(柑製)라 줄여 부르기도 했음.

158 중시(重試) : 이미 과거에 급제한 사람에게 거듭 실시하던 특별 시험. 합격한 사람은 품계(品階)를 올려주었음.

159 안릉태수(安陵太守) : '안릉'은 황해도 재령(載寧). '태수'는 각 고을을 맡아 다스리던 최고 벼슬.

160 판관(判官) : 조선시대 중앙 여러 관아의 종5품 벼슬.

161 현감(縣監) : 조선시대 지방 행정 단위인 작은 현의 우두머리 종6품 관리. 큰 현에는 현령(縣令)을 두었음.

162 비서성박사(秘書省博士) : '비서성'은 고려와 조선시대 경적(經籍)과 축문(祝文)에

종사서기(從事書記) 부사과(副司果)[164] 남성중(南聖重) 자는 중용(仲容)
호는 범수(泛叟) 명력(明曆)[165] 사이에 내빙(來聘)했던 통신사 종사(從事)
남호곡(南壺谷) 공(公)의 아들이다.

○ 사자(寫字)[166]

이수장(李壽長) 자는 인수(仁叟) 호는 정곡(貞谷) 또는 양정주인(養靜
主人) 본관은 천안(天安).

이이방(李爾芳) 자는 형원(馨遠) 호는 화암(花菴) 본관은 완산(完山).

○ 비록 사자직(職)이 되지는 못했지만, 대강 글을 쓸 수 있는 무리 2명

전(前) 봉사(奉事)[167] 김시박(金時璞) 호는 해봉(海峯).

금곡(錦谷) 성명(姓名)은 자세하지 않다. 서법(書法)은 힘 있고 아름다
우며, 미원장(米元章)[168]의 서체(書體)와 비슷하다.

관한 일을 맡아보던 관청. '박사'는 조선시대 성균관·홍문관·승문원·교서관 등에 두었
던 정7품 벼슬.

163 고창(高敞) : 전라북도 고창 지역.

164 부사과(副司果) : 조선시대 5위(五衛)의 종6품 관직.

165 명력(明曆) : 일본 고사이(後西) 천황의 연호. 1655~1657년.

166 사자(寫字) : 사자관(寫字官). 글씨를 잘 써서 문서를 정확하게 필사하는 역할을 담당
하는 사람.

167 봉사(奉事) : 조선시대 관상감(觀象監)·전옥서(典獄署)·사역원(司譯院) 등에 딸린
종8품 벼슬.

○ 의원(醫)[169]

양의(良醫)[170] 전(前) 직장(直長)[171] 기두문(奇斗文). 전(前) 주부(主簿)[172] 현만규(玄萬奎).

부사용(副司勇)[173] 이위(李渭).

○ 화원(畵)[174]

부사과(副司果) 박동보(朴東普) 호는 죽리(竹里).

○ 마상재(馬上才)[175]

지기택(池起澤). 이두흥(李斗興).

---

168 미원장(米元章) : 중국 북송(北宋)대 서가(書家)이자 화가인 미불(米芾, 1051~1107) 의 자. 호는 녹문거사(鹿門居士)·양양만사(襄陽漫士)·해악외사(海岳外史). 양양(襄陽) 사람. 글씨는 왕희지에게 배웠고, 그림에서는 새로운 화법인 '미법산수(米法山水)'를 완성했으며, 만년에 서화학박사(書畵學博士)가 되었음. 채양(蔡襄)·소식(蘇軾)·황정 견(黃庭堅)과 함께 송의 4대서가라 일컬음. 대표작에 〈촉소첩(蜀素帖)〉, 〈진적삼첩(眞 跡三帖)〉 등이 있고, 저서에 『보진영광집(寶晉榮光集)』, 『서사(書史)』, 『화사(畵史)』, 『해악명언(海岳明言)』 등이 있음.

169 의원(醫) : 사절단의 주치의.

170 양의(良醫) : 사절단의 주치의이자 의학 분야 교류 담당자.

171 직장(直長) : 조선시대 종7품 벼슬.

172 주부(主簿) : 한약방을 차리고 있는 사람을 이르던 말.

173 부사용(副司勇) : 조선시대 5위(五衛)에 속한 종9품의 무관직(武官職) 벼슬.

174 화원(畵) : 그림을 그리는 사람.

175 마상재(馬上才) : 말을 타고 기예를 하는 사람.

○ 이마(理馬)[176]

안영민(安英敏).

○ 전악(典樂)[177]

김석겸(金碩謙), 김세경(金世璟).

○ 상판사(上判事)[178]

전(前) 판관(判官) 홍작명(洪爵明) 자는 수경(水鏡). 부사용(副司勇) 현덕윤(玄德潤) 자는 도이(道以).

전(前) 판관 정창주(鄭昌周).

○ 차상판사(次上判官)[179]

전(前) 주부(主簿)[180] 김시량(金是樑) 자는 양보(楊甫). 전(前) 첨정(僉正)[181] 최한진(崔漢鎭).

---

176 이마(理馬) : 말을 다루거나 돌보는 사람.
177 전악(典樂) : 음악에 관한 일을 담당하는 사람.
178 상판사(上判事) : 상통사(上通事). 통역을 하기도 하고, 사신 일행이 가져가는 책이
    나 약재 등의 관리를 담당하는 사람.
179 차상판사(次上判事) : 차상통사(次上通事). 통역을 담당하는 사람.
180 주부(主簿) : 중앙 관서 및 군현(郡縣)에 두어 문서(文書)를 관장하고 사무를 처리하
    게 한 벼슬.

전(前) 첨정 김현문(金顯門) 자는 대재(大材).

○ 압물판사(押物判事)[182]

전(前) 직장(直長) 박태신(朴泰信) 자는 신재(信哉). 전(前) 봉사(奉事) 김시박(金時璞).

전(前) 직장 조득현(趙得賢).

○ 정사군관(正使軍官)[183]

첨지(僉知)[184] 이액(李詻). 첨지 김익영(金謚英). 전(前) 군수(郡守)[185] 이행검(李行儉).

경력(經歷)[186] 조건(趙健). 첨지 한범석(韓範錫). 주부(主薄) 유준(柳濬).

초관(哨官)[187] 김세진(金世珍). 전(前) 참봉(參奉)[188] 한윤기(韓潤基).

---

181 첨정(僉正) : 조선시대 정3품 당하아문(堂下衙門) 중에서 시(寺)·원(院)·감(監) 등이 붙은 관아에 속했던 종4품 벼슬.

182 압물판사(押物判事) : 압물관(押物官). 예물과 교역품을 관리하며, 교역 때 통역을 담당하는 사람.

183 정사군관(正使軍官) : 군관(軍官). 사행단을 호위하거나 군사를 지휘하는 사람.

184 첨지(僉知) : 첨지중추부사(僉知中樞府事). 조선시대 중추부(中樞府)의 정3품 당상관(堂上官). 나이 많은 사람을 낮잡아 이르는 말로도 쓰였음.

185 군수(郡守) : 군(郡)의 장관(長官).

186 경력(經歷) : 조선시대 의금부(義禁府)·한성부(漢城府) 등에서 사무를 맡아보던 종4품 벼슬.

187 초관(哨官) : 각 군영(軍營)에서 1초(哨)를 거느리는 위관(尉官). 1초는 약 100명.

○ 부사군관(副使軍官)

전(前) 감찰(監察)[189] 민제장(閔濟章). 선전관(宣傳官)[190] 정수송(鄭壽松).
도사(都事)[191] 조빈(趙儐).

관전관(官傳官)[192] 정찬술(鄭纘述). 호군(護軍)[193] 신진소(申震熽). 전(前)
별장(別將)[194] 유정좌(劉廷佐).

부사맹(副司猛)[195] 장문한(張文翰). 한량(閑良)[196] 임도승(任道升).

○ 종사군관(從事軍官)

부사맹(副司勇) 변경화(卞景和). 별파진겸군관(別破陳兼軍官)[197] 김두

---

188 참봉(參奉) : 조선시대 각(閣)이나 능(陵), 종친부나 돈령부, 사옹원이나 내의원 등의
   관아에 소속된 종9품 벼슬.
189 감찰(監察) : 조선시대 사헌부(司憲府)의 정6품 벼슬.
190 선전관(宣傳官) : 조선시대 형명(形名)・계라(啓螺)・시위(侍衛)・전명(傳命) 및 부
   신(符信)의 출납을 맡았던 무관직 벼슬.
191 도사(都事) : 조선시대 충훈부(忠勳府)・의빈부(儀賓府)・충익부(忠翊府)・개성부(開
   城府)・의금부(義禁府) 등의 종5품 벼슬. 제반 서무를 주관하고 관원의 비리를 감찰하는
   일을 맡았음.
192 관전관(官傳官) : 관리 사이에 연락을 맡았던 벼슬.
193 호군(護軍) : 조선시대 5위(五衛) 소속의 정4품 벼슬.
194 별장(別將) : 용호영(龍虎營)의 종2품 주장(主將). 용호영 이외 각 영(營)의 정3품 무
   관. 별군(別軍)의 장교(將校). 지방의 산성・도(渡)・포구・보루(堡壘)・소도(小島) 등의
   수비를 맡은 종9품 무관(武官).
195 부사맹(副司猛) : 조선시대 종8품 무관직 벼슬.
196 한량(閑良) : 조선시대 현직(現職)이 없어서 놀던 벼슬아치. 아직 무과(武科)를 못한
   호반(虎班)의 사람.
197 별파진(別破陳) : 화기를 다루는 병사.

명(金斗明). 엄한좌(嚴漢佐).

　　중관(中官) 170명.

　　하관(下官) 274명.

　　합계(合支) 497명.

　　양동창화후록(兩東唱和後錄) 끝.

兩東唱和後錄

正德元年 辛卯 秋九月 十四日

朝鮮三官使, 着船于當境, 同二十日, 對馬州之醫士梯氏, 靖庵, 誘
于予及男周南, 門人杏仙於西本願寺堂, 初會鷄林醫官, 宣務郎, 典涓
司直長, 奇斗文.

○ 謹稟　　　　　　　　　　　　　　　　　　　　村上溪南
萬里海瀛, 仙槎長涉, 賢勞艱若, 貴體無恙, 誠神之所扶也. 始接高
儀, 渥荷鴻慈, 不勝歡忻. 謹玆拜祝.

○ 復 奇斗文 號嘗百軒
涉盡重溟, 幸免危險, 此誠由於兩邦敦修之力, 得覯君等, 如舊相
識. 駐節之際, 若有所需, 幸書示之, 聊以適盛意.

○ 稟　　　　　　　　　　　　　　　　　　　　　村上溪南
示諭懇懇, 夙志頓足矣. 不佞壯歲業針, 資質卑陋, 未了其義. 書其
所疑, 以汚高覽.

奉呈 大醫伯 奇公 几下

　高名瞻仰日久, 幸今得挹光範, 不勝欣悚之至. 僕氏村上, 字溪南, 號樵齋. 家世業鍼, 其傳來, 祖先受貴國雲海士之弟子金得拜之傳. 僕得沿其原流, 而繼箕裘之業, 此皆 先師之賜也. 然資質頑愚, 針刺法術, 去師久遠, 惑亂其要旨. 故撮其疑者, 敢問. 靈樞 經脈篇, 言病有是動, 有所生, 而盛則瀉之, 虛則補之, 不盛不虛, 以經取之矣, 所謂人之病, 有內外證, 因乎外, 而及乎內, 因乎內, 而及乎外, 且有外內兼病者, 蓋所論本篇, 非是動病者外感, 而所生病者內傷乎? 何而言之?

　是動者, 六氣之病也. 六氣旋轉不息, 故曰是動. 夫三陰・三陽之氣在表, 而合乎天之六氣. 亦俱各循手足之經, 而氣逆乎外, 而病見乎內也. 又按, 是動者, 病在三陰・三陽之氣, 如所謂終始篇, 則動見乎人迎氣口 左右寸口, 一盛二盛等. 病在氣, 而不在經, 故盛則瀉之, 虛則補之者, 則若官針篇所說, 淺刺絕皮, 益深刺絕皮. 此因針之淺深, 以瀉陰陽之氣偏盛, 此取皮膚之氣分, 而不及乎經也. 管解如此, 有補瀉刺法乎? 未詳其意.

　所生者, 十二藏府之病也. 十二經脈, 生于藏府, 故曰所生. 夫藏府之病, 外見乎經證. 蓋五行之氣, 五藏所主, 而六府爲之合, 乃肺・脾・心・腎・肝在府, 則津液・氣血・骨筋, 此皆藏府之所生, 而外見乎經證. 此俱病, 則因乎內, 而見乎外也. 亦有針刺補瀉乎? 未審是否.

　再按, 所論本篇, 不盛不虛, 以經取之者, 如陰陽之氣, 無有盛虛, 而所生之經脉不調和, 則當取之於經歟? 所謂考據, 一穴主證之經, 而引針其邪疾而已. 蓋如此, 則兪穴猶不可拘分寸之高低也. 然則穴穴亦非穴也. 在其經兪之主治, 亦使從他經之兪, 而爲主治之, 而復不同哉? 此轉合符於今時之治療也. 是何偶中耶? 其餘砭石・灸焫之補瀉, 及井榮兪原之刺, 或繆刺之法, 如難經之子母迎隨, 呼吸迎隨, 往來迎

隨等, 其補瀉之義區區, 不一定, 今方於針刺也. 雖曰, 有規矩模範,
未得之取用也. 昔子陽得扁鵲, 爲之依歸. 故得厲鍼於虢太子. 伏乞足
下. 賜秦越人之指導幸甚.

　樵齋 村上 溪南 頓首拜

○復　　　　　　　　　　　　　　　　　　　　　　　斗文
萬里行役, 精神疲勞, 雜務紛宂, 未克穩談, 幸有所持來之書. 然管
見, 不足觀已. 姑塞 其責.

○稟　　　　　　　　　　　　　　　　　　　　　　　溪南
蒼波之遠, 候問之多, 伏想公之至厭因矣. 然以此會難, 再不憚勞
耳. 多罪多罪. 觀公之書, 實是人世之所不見也. 其中有別穴之在, 欲
書寫焉, 未知許否. 又有井滎兪經合之諸穴, 如何爲取用之乎?

○復　　　　　　　　　　　　　　　　　　　　　　　斗文
治病論穴之說, 皆在僕之冊中. 君等旣已觀之, 不爲答書. 幸勿見
訝. 此冊之外, 僕別無意見.

○又稟　　　　　　　　　　　　　　　　　　　　　　溪南
經絡·兪穴分寸, 及折量之法, 古來諸說之同不同, 不侫不講究也.
若誤施針灸, 而兪穴不的, 則徒傷良肉, 而殘害於人. 故竊撮療病之
扞[198]格, 而難采擇者, 凡五十有穴, 爲一小冊. 謹呈梧右, 乞公之是正.
恐至厭倦, 願他日筆語, 以明告底蘊, 則不一人之幸, 實萬世之幸矣.

---

198 원문에는 ‘杆’이지만, ‘扞’의 오기(誤記)인 듯해 바로잡았음.

○復　　　　　　　　　　　　　　　　　　　　　斗文

君之於針也, 可謂能勤矣. 所 示多端, 匆卒特甚, 他日以再書復焉.

謹奉稟 奇公 閣下

僕氏村上, 字周南, 自號得應齋, 溪南之長子也.

我朝刺法, 知用毫針之類, 鍉針之法, 未知刺之. 伏冀垂示其刺法.

○答　　　　　　　　　　　　　　　　　　　　　斗文

言不相通, 唯以爲恨耳. 凡毫微針, 及細三稜針, 共用左手大指, 伏
而按穴, 取其爪甲外之際, 而刺之

○問　　　　　　　　　　　　　　　　　　　　　周南

其刺未審, 試刺僕之皮肉, 以明示敎導.

○答　　　　　　　　　　　　　　　　　　　　　斗文

其刺法如此. 刺曲池・足三里, 雖其針大, 不覺忍痛.

○問　　　　　　　　　　　　　　　　　　　　　周南

別法有針? 否?

○答　　　　　　　　　　　　　　　　　　　　　斗文

大腫針 中腫針 小腫針 以上廣狹三針, 出於懷中示焉.

此濕熱凝結, 因作腫甚痛者. 下文失之.

溪南

僕等在隘巷, 無師友之助. 今也得拜謁, 異邦大醫, 忽披平素茅塞.
何賜若之, 多幸感謝.

右筆語畢, 而再拜去.

○ 奉謝, 溪南案下

所論醫說. 無違於古人之法. 若此不已, 則幾近於泗腸滌胃之才, 豈
不高明哉? 而君勉勉勵勵, 若夫欲知, 補瀉虛實之法, 醫學入門 子午
流注之法, 神應經 針灸之穴, 博學明辨, 守而勿失, 萬病治療, 百發百
中, 後必爲日東之倉扁矣.

時李冬臘月 三韓 宣務郎 典涓司直長 嘗百軒

○ 重奉呈, 奇公几下

向者始接芝眉, 過蒙渥恩, 知所未知, 聞所未聞. 高敎之審, 忽啓昏
家, 今亦賜玉章. 豈是百朋之錫? 實希世之家珍也. 欲往謝之. 錦帆西
還, 無如之何. 故因對馬家臣大浦氏, 贐紙衣一幅. 聊效千里不諼之
誠, 玆竭敬仰景慕之意云.

臘月十九日 村上溪南再拜

兩東唱和別錄

○ 奉和樿師韻　　　　　　　　　　　　　　　　　　　趙泰億

客裏逢秋鬢欲霜, 菊籬松徑憶柴桑, 來時海舶風濤壯, 去日江關道
路長, 萬戶樓臺開活畫, 千林橙橘送淸香, 濡毫强和高僧語, 旅恨詩情

攪寸腸.

　　○ 淸見寺題謝芝岸老師　　　　　　　　　　　　　　趙平泉 泰億
　淸曉山門得暫過, 樓頭拂席白雲多, 峯連富嶽千秋雪, 日湧滄海萬
里波, 華樹地暄常爛熳, 韻僧年老尙吟哦, 匆匆却別諸天去, 王事關心
四牡謌.

　　○ 遠州增樂茶店作　　　　　　　　　　　　　　　任靖庵 守幹
　板屋蕭然望碧灣, 蘭舟[199]深繫敗荷間, 金爐一穗茶煙起, 遠客停驂
暫解顔.

　　○ 卽賦呈坐上諸公　　　　　　　　　　　　　　　李東郭
　東郭狂生本不才, 六十除二鬢全皚, 腹中文字五千卷, 醉裏豪情三
百杯, 屢忝朝班仍作宰, 再鬱仙桂一居魁, 胸懷坦蕩無畦畛, 物色今朝
更莫猜.

　　○ 富士山　　　　　　　　　　　　　　　　　　李東郭
　冷氣砭人骨, 肩輿且少停, 休誇千丈白, 爭似四時靑.

　　○ 次奉華野詞伯　　　　　　　　　　　　　　　　同
　驛樓寒日小輿還, 才子高標得再鬱, 雨後波濤看大井, 雪中蒼翠見
神山, 君能自在煙霞裡, 我豈虛生宇宙間, 王事不妨窮壯觀, 此身隨處
覺淸閑.

---

199 원문에는 '丹'이지만, '舟'의 오기(誤記)인 듯해 바로잡았음.

同　　　　　　　　　　　　　　　　　　　泛叟

日日長途迤繞還, 一場佳晤亦難攀, 天涯斷送黃花節, 雲際初看雪色山, 貫斗孤槎期漢上, 連宵寒雨漲河間, 行行不廢吟哦興, 忙裏多君意思閑.

同　　　　　　　　　　　　　　　　　　　龍湖

天末行人久未還, 賴逢仙侶喜追攀, 雲濤浩渺連桑海, 雪色嵯峨聳富山, 幾日可登鼇背上, 一秋空盡馬蹄間, 知君素有吟哦癖, 客路風煙也不閑.

富士山　　　　　　　　　　　　　　　　　　東郭

富士高與上天通, 磅礡雄蟠日域東, 萬古氳絪清淑氣, 吸來安得貯胸中.

和　　　　　　　　　　　　　　　　　　　泛叟

區區秦漢路難通, 但說蓬瀛在海東, 天下神仙非妄耳, 會應相見此山中.

同　　　　　　　　　　　　　　　　　　　龍湖

海外乾坤一望通, 富山雄峙冠天東, 箕那亦有金剛勝, 萬萬千峰入夢中.

和　　　　　　　　　　　　　　　　　　　同

海水無梁路不通, 此行何日到關東, 慇懃獨有同來客, 訪我寥寥旅館中.

春思　　　　　　　　　　　　　　　　　　　安媛　洪鏡湖妾
寶篆香銷欲曙天, 忽聞啼鳥到窗前, 沙頭夜過何山雨, 柳外朝生極
浦烟, 別恨自憐花影亂, 春愁暗與倆伎邊, 瑤琴彈罷江南曲, 曲曲離鸞
又採蓮.

閨恨　　　　　　　　　　　　　　　　　　　　　　　　同
五十嫁遊子, 二十猶未歸, 縱欲道心事, 與須相見稀.

次贈雲上人　　　　　　　　　　　　　　　　　　　　東郭
悠悠海水何時盡, 猶揭孤篷萬里征, 欲挽染光嗟未得, 暗來明去太
無情.

同　　　　　　　　　　　　　　　　　　　　　　　　東郭
竺敎元非妄, 逢場意以親, 平生缺滔最, 吾厭載儒巾.

○ 重過淸見寺題奉芝岸長老　　　　　　　　　　　　趙平泉
遠客貪程去, 天寒日又昏, 名樓不可負, 聊復駐征軒.

○ 奉和平泉趙公高韻
日本　東海路　駿河州　巨鼇山　淸見寺　賜紫沙門　芝岸拜稿
鼇背日西落, 寒烟松檜昏, 恨留詞客駕, 無月莅晴軒.

○ 謹呈副使從事二君詞案下　　　　　　　　　　　　芝岸
鼇山風光招衆賢, 舊題今尙燦華牋, 此行若是無佳作, 虛使寒江涵
碧天.

○ 奉謝芝岸上人道案　　　　　　　　　　　　　　　任靖菴

仙山强節躡前賢, 物色分留集彩牋, 縹緲金鼇背上坐, 夕陽無限海
浮天.

○ 淸見寺謹次壺谷先生韻贈芝上人　　　　　　　　　李邦彦

縹緲鼇山寺, 蒼茫鯨海波, 諸天日初沒, 此地客重過, 石澗當軒落,
林霏入戶多, 厖眉可共語, 更奈別愁何.

○ 芝上人錄示一絶走次其韻仍述感懷示書記南君仲容　　李南岡

禪樓舊躅想諸賢, 寶墨淋漓爛彩牋, 我是壺翁門下客, 不堪雙淚洒
寒天.

余嘗受學於壺谷先生之門, 而仲容卽其時過庭者. 辛卯復月下浣

○ 更次呈南岡師相韻 朝鮮國 信使 記室 南仲容稿 乙未 通信 從事
官 壺公 南尙書 龍翼之子也.　　　　　　　　　　號泛叟.

幕府聲名愧昔賢, 先君舊躅覓遺牋, 長門不盡餘生淚, 更洒鼇山日
暮天. 長門國, 安德寺, 得見手蹟, 故云.

右一絶, 昨夕思之, 而行忙, 今始錄奉.

○ 薩埵坂口茶店卽興　　　　　　　　　　　　　　　頤神

寒潮疊岸下, 士嶽聳檐頭, 欄上看無厭, 悠悠忘旅愁.

○ 淸見寺題次平泉趙公高韻　　　　　　　　　　　　伊藤齋

晚來駐馬此經過, 淸見寺中好趣多, 山古如尋台嶠路, 門高似對浙

江波, 千般佳景眞圖畫, 一首新詩巧詠哦, 遠客偶遊形勝地, 暫時休唱渭城歌.

○ 題松井和泉製豊山香墨 墨名, 初瀨山.　　　　　　　　　李東郭

豊山妙製最稱奇, 遺法當時自大師, 挹取濃光題數句, 筆頭澤覺暗香隨.

○ 追次佐生 佐佐木玄龍 軸中滄浪子之韻　　　　　　　　李東郭

一家專美妙, 兩世奪天機, 運畫心爲匠, 臨牋筆若飛, 艸猶稱倔强, 楷亦入精微, 我且要揮洒, 珍藏數字歸.

○ 次奉梅江　　　　　　　　　　　　　　　　　　　　　　同

靑春紫陌早鳴珂, 每入南薰和舜歌, 頭白晚爲天外客, 旅愁離恨惱人多.

○ 洪滄浪書

朝鮮國 滄浪 洪世秦 謹奉書 于日本國 野鶴山 足下.

僕與足下, 別于今三十年矣. 未知足下, 無恙乎否. 僕亦在世間, 而齒髮衰謝, 殊非昔年相見人, 可憐也. 每念在本誓寺, 日與足下唱酬. 其言笑之樂, 情志之孚, 實無愧於子産紵縞之義矣. 今其詩什藏在篋底, 有時披覽, 慨然興懷. 低回者久之, 想足下亦當然矣. 嗚呼! 僕與足下, 生世異國, 相去萬里, 山海間之. 唯是風馬牛之不相及, 而所往來者, 此心耳. 記癸亥秋, 得足下三十韻詩, 自馬島傳來. 觀其文辭, 瞻[200]博誠意懇篤. 至有同志多修契, 歸仁爭寫眞之句, 而下註, 別後諸人屢畫公像, 使僕作贊語云. 何足下愛僕之深? 而諸子惓惓不忘意,

亦可見矣. 宜還答, 用謝高義, 而春秋之義, 大夫無外交. 故不敢識,
以越禮冒義, 得罪聖人之是懼, 而非敢忘足下也. 然而中心感愧, 不自
釋焉. 今者兩國無事, 式修舊好. 使者東出, 疆域有通, 乃敢附書以往,
爲足下謝, 而繼以三絶句在後, 一覽而和之幸也. 製述官 東郭 李重
叔, 吾友也, 其人仁厚長者. 極有文章, 可善遇之. 足下於僕, 見愛之
如此, 而不得見焉, 則見吾重叔, 當如見僕也.

足下書中, 所謂僕之寫眞, 至今有藏去者, 重叔還, 可付之. 僕今已
老矣, 竊[201]欲致之, 使家人兒女輩, 以識夫少壯顔面也. 各天一涯, 參
商相望, 此書之後, 更難書矣. 臨書悵惘, 不能爲懷. 千萬唯冀保嗇,
以慰翹想. 不宣.

蓬海仙槎一夢還, 日東消息杳茫間, 不知萬里今何似, 三十年來野
鶴山.

東使今年又聘隣, 試看滄海未生塵, 白髮丹頰洪厓子, 畵裏曾爲少
壯人.

一別音書不復通, 此生無那馬牛風, 相思却似扶桑日, 纔落西來復
出東.

重光單閼 葵賓之上浣

---

200 원문에는 '瞻'이지만, '瞻'의 오기(誤記)인 듯해 바로잡았음.
201 원문에는 '窈'이지만, '竊'의 오기(誤記)인 듯해 바로잡았음.

○ 答書

日本國 桃原野沂 奉復 朝鮮國 滄浪 洪先生 案下.

壬戌之秋, 僕弱冠, 識莉須臾, 一別三十年于是. 瞻望不及, 相思多年. 今玆貴邦, 修隣好, 致聘禮. 三官使, 來江都, 製述官 李重叔, 從其行, 而祗役. 一日僕携長子活, 訪本願寺旅館, 與製述官, 邂逅唱酬. 爲其人也, 溫厚朴實, 强記多才, 動作成章, 懇遇可愛, 乃傳一封, 謝閱之, 則奇僕老爺書也. 情狀顯然, 一歡一悲, 不知所爲. 僕翁辭世, 以降十六年. 代開其封, 則懇篤丁寧, 墨痕滑美, 翁亦有靈, 點頭怡悅就審. 足下齒髮衰謝, 雖然疊²⁰²鑠壯律, 欣抃至祝, 屈指極知. 稍過耳順, 相別之後, 僕翁也, 平日動爲足下背語. 癸亥之秋, 偶附馬島便風寄詩, 消息嘗嘆, 無相轉致. 今歲幸投一封, 則不在世間. 嗚呼! 黃泉難呼起, 徒使僕等兄弟, 增追懷耳. 往歲詩中, 寫眞之事, 其言不違. 吾邦妙手, 古川狩野, 常信以圖之, 僕翁爲讚語者, 三四幅. 或罹災不存, 或在遠邦, 以欠轉漕. 法印古川, 齡超古稀, 幸存于世. 新令之畵, 僕翁遺集, 寫其讚語, 代翁書焉. 且和三絕句, 以附潮信. 其事雖異, 理則當然, 所畵顔貌, 孰與昔在來聘日耶? 家人兒輩謂之, 何如僕亦超壯歲? 生平多病, 齡未半百, 髮惟半白. 若得萍逢, 而非敢昔年相見人, 可擧而嘆哉! 域殊海闊, 書信難, 又把筆. 悵然馳思於複水重山而已. 亮炤不悉.

此去佳人歸不還, 西邊望斷有無間, 欲憑飛夢超千里, 滄海隔雲雲隔山.

---

202 원문에는 '疊'이지만, '矍'의 오기(誤記)인 듯해 바로잡았음.

渭樹江雲難結隣, 昔年一別只望塵, 謝君馳意老吾老, 壬戌來賓知幾人.

情實殊從使舶通, 一封書信託悲風, 可憐白鶴山房夢, 孤月空懸日本東.

正德 元年 辛卯 冬至日

兩東唱和別錄 大尾

正德 二年 歲次 壬辰 季春

浪速書林 村上淸三郞 植田伊兵衛 壽梓

韓使官職姓名

○三使
正使 通政大夫 吏曹參議 知製敎 趙秦億 號謙齋 又號平泉.
副使 通訓大夫 弘文館典翰 知製敎兼經筵侍講 春秋館編修 任守幹 號靖菴.
從事 通訓大夫 弘文館校理 知製敎兼經筵侍講 春秋館記注 李邦彦 號南岡居士.

○上上官 三員 通倭語
同知 李碩麟 字聖瑞. 僉知 金始南 字重叔.

僉知 李松年 字久叔.

○ 學士
製述官 前佐郎 李礥 字重叔 號東郭 安岳後人也. 生甲午 乙卯歲
爲進士 癸酉年爲柑科壯元及第 丁丑又重試科 以前任安陵太守 今爲
製述官 于時五十六歲.

○ 書記
正使書記 判官 洪舜衍 字命九 號鏡湖.
副使書記 前縣監 嚴漢重 字子鼎 號龍湖 參進士及第 歷職秘書省
博士 高敞郡太守.
從事書記 副司果 南聖重 字仲容 號泛叟 明曆中 來聘使 從事 南
壺谷公之子也.

○ 寫字
李壽長 字仁叟 號貞谷 或號養靜主人 天安人.
李爾芳 字馨遠 號花菴 完山人.

○ 雖不爲寫字職 粗能書之輩 二人
前奉事 金時璞 號海峯.
錦谷 不詳姓名 書法遒美 似米元章之書.

○ 醫
良醫 前直長 奇斗文. 前主簿 玄萬奎.

副司勇 李渭.

○ 畫 副司果 朴東普 號竹里.

○ 馬上才 池起澤. 李斗興.

○ 理馬 安英敏.

○ 典樂 金碩謙. 金世璟.

○ 上判事
前判官 洪爵明 字水鏡. 副司勇 玄德潤 字道以.
前判官 鄭昌周.

○ 次上判官
前主簿 金是樑 字楊甫. 前僉正 崔漢鎭.
前僉正 金顯門 字大材.

○ 押物判事
前直長 朴泰信 字信哉. 前奉事 金時璞.
前直長 趙得賢.

○ 正使軍官
僉知 李詻. 僉知 金謚英. 前郡守 李行儉.
經歷 趙健. 僉知 韓範錫. 主簿 柳濬.

哨官 金世珍. 前參奉 韓潤基.

○ 副使軍官
前監察 閔濟章. 宣傳官 鄭壽松. 都事 趙儐.
官傳官 鄭纘述. 護軍 申震燽. 前別將 劉廷佐.
副司猛 張文翰. 閑良 任道升.

○ 從事軍官
副司勇 卞景和. 別破陳兼軍官 金斗明. 嚴漢佐.

中官百七十人.
下官二百七十四人.
合支四百九十七員.

兩東唱和後錄終

【영인자료】

坐間筆語附江關筆談
兩東唱和後錄

1

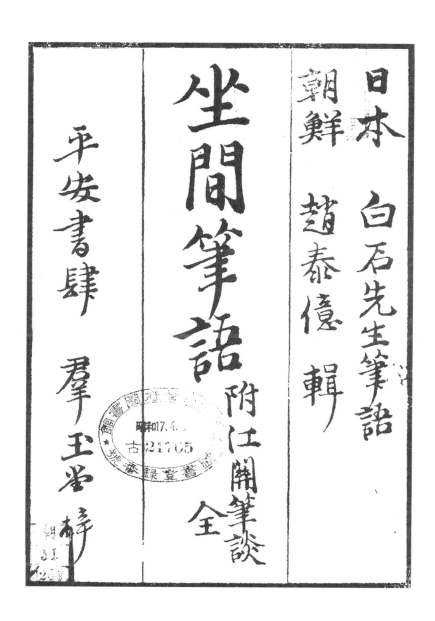

日本　白石先生筆語

朝鮮　趙泰億　輯

坐間筆語　附江關筆談　全

平安書肆　屢玉堂　梓

余頃讀坐間筆語深美白石源犬夫之答

儒不解大經偶接異邦人筆舌之間詖辭

失國體自辱者間或有諸於是俗人犬吠有話說及

明清之事如謂其人曰華人謂其產物曰華物之類

實關乎人倫名教也不細矣冀世之舌以代筆者於

此答致思則言可寡尤耳蓋朝鮮原吾屬國而彼以

禮義衣冠之邦自居矣建清道巡視之旗以行矣加

之我州郡勞來之費不可訾也然有言責人所以不

為議者豈以柔遠之故厚往薄來邪將為宗贍香教

而存乎逢艾之間耶

天明己酉正月甲子

平安鈴木公溫識

題坐間筆語

皇朝樂部有得於

本邦者有得於外國者

京師伶官之家世掌之自近燕饗以散樂爲禮古

禮遂廢不行可嘆也已辛卯冬朝鮮使臣來聘

惟十一月三日錫宴於

內殿依前代例當用散樂朝散大夫源君美建

議更以古樂代之偏用

本邦外國之樂及燕饗之日堂上樂作使臣皆辣

然政容每樂更奏君美與之筆語應對如流宴

罷乃第録樂名各附問答之語于其〻以進今

之所録即其稿也昔延陵季子聘魯觀三代之

樂左氏傳之古今以為美談自漢季三國之後

歴南北十六朝以逮南宋遼金之時敵國交聘

前后相踵未嘗有使臣觀樂於燕會之間者千

有餘年間絶矣不可見者今乃見之吾知後之

作史者亦将繼左氏而傳之使其事赫〻於百

世之下豈特使臣榮抑亦

邦家之光也

鳩巢主人室直清題

坐間筆語

月賜「燕樂」白石源君笑在坐與使人筆語

正德二年朝鮮來聘使者至于江戶本年十一

燕樂目錄

振鉾　　　三臺鹽　　　長保樂

央宮樂　　仁和樂　　　太平樂

古鳥蘇　　甘州　　　　林歌

陵王　　　納曾利　　　長慶子

坐間筆語

○振鐸

東方開國之日

天祖象功樂舞凡陳樂必先奏此曲振鐸讀如偃武

或曰周大武舞　源君美

颯颯乎其治世之音也　正使趙泰億

又有祀享之樂耶　仝

祀享則有神樂國風則有催馬樂　美

振鐸似偃武音節雍容可觀想必用於祀享　從

事李邦彥

○三臺臨

疏勒鹽曲之一也隋唐以備燕樂者也

何其不取韶護而雜用外國之音耶　億

故曰燕樂　美

何不用古樂懸耶　億

其制詳見于文獻通考等　美

唐宋樂懸可考而已所謂龍鳳鼓等制即此也

通考雖古書何如六經　億

此又所以備燕樂也　美

舞人傅粉耶　同知崔尚嶪

男子何用施粉爲　美

坐間筆語

美哉其面絶白大抵是邦人物清而麗𡵼

○長保樂

即是高麗部樂　美

貴邦猶有此舞耶　全

勝國之音今則亡矣　億

我朝有我朝幷他邦之樂逢　貴國之人則奏

貴國之樂以翫之逢唐山之人則奏唐朝之

樂以慰　副使任守幹

○央宮樂

本朝樂舞　美

大抵頗有古雅調可貴可貴[億]

○仁和樂

又是高麗樂舞[美]

挿冠者何[億]

貂[美]

伶官何亦挿侍中之貂[億]

是樂出自貴邦諸賢可知其說而已我何知之[カキヲヲ]

敢問[美]

○太平樂

一名小破陣樂昻是唐明皇所作[美]

嘗聞貴國人士善擊刀術幸為俺等啓請得一

觀如何幹

本邦之俗卒伍以上皆腰雙刀戎事則又佩一

刀長短大小各適其用若農商亦無不佩一刀

者身已佩之不堪運用亦何為又有拔刀之術

其法神機出入變動不測隻手繞及刀頭電掣

風飛灑血吐霧鋒又如未始出乎室者而蹠步

間有人既喪其元駢肩而坐焉是等小技人人

能之諸賢欲試觀之則請宗馬州可也何必啓

請美

貴國黃倡劍戲亦如何　全

雞林兒黃倡年十四學劍報父讐至今有樂府

雞林人最善是舞可觀　憶

妓女革亦能之擲雙劍於空中能以一手接之

全

皇京大坂亦有此樂耶　幹

天朝樂官世守其職大坂及南都是舊京之地各有

樂戶皆是歷世千有餘年而不墜厥業者　美

○古鳥蘇

是又高麗部舞　美

聖武天皇內府之物有一塵尾其制與舞人所採亦

異世傳庫中又有晁卿遺書云當時實是唐開

元全盛之日則知庫中諸寶器多是唐代物也

美

王維李白之詩此存耶幹

不倭去歲一過南京及見三大舊庫巍然猶存

天朝禮器圖其中有拂子圖即如舞人所採者南京

又有三秘庫庫中所藏皆是

蓋是古拂子吾嘗得見

所採何物　億

但恨未得見其所藏者不知王李之詩亦何如

美

金生真蹟猶存否 從事李邦彥

多有印蹟親筆亦或有之 美

○甘州

即是天寶樂曲 美

詞章可得見歟 億

唐詩中有甘州詞即此 美

○林歌

又是高麗樂舞人所戴李白詩云金華折風帽

15

坐間筆語

之類乎 美

金華折風帽、即我國新冠者所著、金色草笠也

此則工人所著花冠之類、士大夫不著之 億

○陵王

齊人象蘭陵王長恭破周師於金墉城下者即

蘭陵王入陣曲 美

所採何物 億

篇 美

高齊之樂何以傳播於 貴邦耶 幹

天朝通問於隋唐之日所傳來也 美

五七

此等樂譜雖非三代之音隋唐以後音樂獨傳

天下不傳之曲誠可貴也〔億〕

天朝與天為始

天宗與天不墜

天皇即是真天子非若西土歷朝以人繼天易姓代

立者是故禮樂與章萬世一制若彼三代禮樂

亦有其足徵者何其隋唐以後之謂哉〔美〕

有禮如此有樂如此及不一變至華耶〔億〕

手之舞足之蹈無不中於其節者最妙〔嶸〕

奏此曲者其先高麗人因以狛為姓於其聲樂

當代第一其假面亦數百年之物也　美

○納曾利

高麗部樂　美

不侫輩叨此盛事已極感荷況與白石周旋此

豈小夤緣耶尤幸吾輩別後幸勿忘之億

衛風有之云終不可諠兮何敢不拜嘉　美

○長慶子

江關筆談

通政大夫吏曹參議知製教趙泰億　輯

辛卯正德元年十一月五日。在江戶時白石源璵君美。

新井筑後守來訪館所。叙寒暄訖。

譯平泉正使之號

平泉取紙筆書示曰筆端自有舌。可以通辞何必借之

白石曰敬諾。

南岡曰。貴邦先秦書籍獨全之說。曾於六一鑛刀之

歌歐陽永叔日本刀歌云徐福行時書未焚逸書百篇今尚存令嚴不許傳中國擧世無人識古文先

19

王太輿藏夷貊。蒼波浩蕩。焉無通津。文忠公集卷十五 見之矣。至今猶或有一二。

流傳耶。南岡從事號。

白石曰。本邦出雲州有大神廟。俗謂之大社。嘗聞神

庫所藏竹簡漆書。蓋古文尚書云

青坪曰。其書想必以科斗書之。能有解之者亦有騰

傳之本耶。青坪副使號。

白石曰。本邦之俗深秘典籍。蓋尊尚之也。況似有神

物呵護之者。亦可以恨耳。

平泉曰。或人傳熊野山徐福廟有科斗之書古文厄

于火而不傳云。此言信否。

白石曰。此俗人誣說

青坪曰有書不傳與無同果有此書則當與天下共
之深藏神廟意甚無謂。何不建白騰傳一本耶
此下當有

白石
之答

白石又曰尾張州熱田宮諸君耶經歷也。此宮中亦
有竹簡漆書二三策云。盖科斗文字。

南岡曰。歸時可能得見否。

白石曰。神府之秘不可獲觀矣。

平泉曰。蔡中郎之秘論衡本不是美事崇信鬼神又
近於楚越之俗有書不見與無有何異

白石曰。周外史取掌三皇五帝之書。孔子乃斷自唐
虞以下託于周凡百篇。秦火之後漢人始傳今文於
伏生之書嗣後亦得古文俾得五十九篇。而先儒以
謂古文至東晉間方出其書皆文從字順非若伏生
之書有不可讀者。其亦難言矣。且若始得壁中書云
科斗書廢時人無能知者。況今去漢已遠世果有能
知其書者哉。後之要見二帝三王之道何必求於先
秦科斗之書善讀今文亦既足矣。且夫二帝三王之
道與民同其好惡而已。我先神藏之後民奉之而至
于今。今且藝神明拂民情或索而得之乃謂我能得

二帝三王之書。無乃非二帝三王之心乎。愚耶以不

敢也。

白石曰。公等奉使萬里。合二國之驩。雖則賢勞豈不

壯哉若僕生懸弧以來譬如坐井未嘗始望洋初冠

在壬戌之聘造請貴邦二三君子嗣後唐山琉球及

大西洋歐羅巴地方。和蘭嘛亦齊意多禮亞人等至

於斯僕皆得見之且今與諸公周旋有日于此少償

四方之志耳。

青坪曰。大西洋是西域國名歐羅巴意多禮亞等國

在何方耶

江關筆談

白石曰。貴邦無萬國全圖耶。

南岡曰。有古本而此等國多不載セ。

白石曰西洋者去ル天竺國猶且萬里有ル取謂大小西
洋僕家藏有圖一本可以備觀覽焉。

南岡曰異日有ラ取儲母慳一示セ。

白石曰。第恨其地名誌以本邦俗字諸君難解其圖
義在月令廣義圖書編等書者即是。

南岡曰吾邦無此書矣。

明日白石送一小圖來曰萬國全圖原本二式有。
地毬有横幅皆係番字其字如絲髮地名人物風

俗土産盡備馬利山人耶刻六幅圖及月令廣義

天經或問圖書編等耶載譯以漢字略記其梗槩

而已此小圖吾長崎港人耶作其編地之法尤妙

只惜圖小耶載地名存十一於千百且譯以諺文

恐諸君不可解試使對馬州譯人讀之可也若其

地毯橫幅等原圖則歐羅巴諸國耶貢數本藏在

秘府今僕之力不能使諸公一觀亦可以恨也。

青坪曰琉球去此當幾千里福建距長崎亦幾何。

白石曰本邦里法五百里。在南海之中其地當于赤

道之下故氣候熱云福州距長崎亦略同。

青坪曰。福建往來之路曾聞有海賊之出沒者。商舶
亦無被刼之事。

白石曰。閩海寇賊。珎未嘗聞。

南岡曰。每年往來商舶有定額云然耶

白石曰。唐山及西南海舶歲額有百六七十艘常年
來聚于長崎港。

平泉曰。聞近年海路多枳唐船不來云。未知何故。

白石曰。去年南京商船懲其來期後聞浙江等處賊
船出沒今年春官兵勤捕賊首海路已開其來如舊。

南岡曰。賊是何等賊何以勤滅耶。

白石出懷中小冊視之乃曰賊魁鄭盡心陳明隆李

老柳爲南京總兵聚獲云老柳眞是賊名其以盡心

爲名可發一笑也。

南岡曰鄭盡心是鄭錦餘孽否

白石曰誠然。

青坪曰曾聞西洋古里國利瑪竇者到此有文字留

傳者信然。

白石曰只有交友論一篇我國嚴禁天主法盡火其

書交友論者百川學海說郛等書收錄焉。

南岡曰琉球使來聘貴國云其冠服儀度何如文字

江關筆談

何如。

白石曰。中山使副冠服即是明代遺制自餘以色絹緾其首至于常服則王子以下亦如之但以錦紫黄紅青綠為差等童子簪金花衣則大袖寬博腰束大帶官制正從各九品國中文書與本邦之俗同或有善和歌者。明代以來比歲朝聘故習讀文字以任長史通事之用者永樂中間耶賜閩人三十六世之後也今中山二十八世祖舜天王者本邦源將軍為朝之子故其王源姓以尚為氏者以王父字為氏也。

白石曰當今西方諸國皆用大清章服之制貴邦猶

有大明之舊儀者何也。

平泉曰天下皆左社。而獨我國不改華制清國以我
為禮義之邦亦不加之以非禮普天之下。我獨為東
周貴邦亦有用華之意否今看文教方與深有望於
一變之義也。

白石曰。僕嘗學詩至於雅頌則知殷人在周服其故
服而來也。始聘使之來竊喜以謂朝鮮、殷大師之國。
況其禮義之俗。出於天性者。殷禮可以徵之益在是
行也。既而諸君子辱在于斯僕望其儀容冠帽袍笏。
僅是明世章服之制未嘗及見彼章甫與繡冔者也。當

江關筆語

今大清易代改物因其國俗創制天下。如貴邦及琉

球亦既比面稱藩而二國邦以得免辮髮左袵者大

清果若周之以德而不以疆然否抑二國有假寵我

東方亦未可知也。

青坪曰貴邦劍銃為長技云。故欲見劍術曾已仰請。

高明如或欲見我弓馬之才亦當仰耳

白石曰刀劍之術前日聞命且今及此蓋似公以我

為有尚武之俗者本邦素尚武也。雖然如今取聞。乃

是古之技擊非我取尚也。虞書贄堯曰。乃聖乃神。

武乃文武不可專尚也久矣我開闢以來神聖相

繼德被四表遠近率服帝室中衰戎車屢駕當是時。

原大將軍賴朝天縱勇智討其亂畧者定武功夾輔

帝室寶有如桓文之事焉。於是乎一變我仁厚之風

遂成勇銳剛毅之俗愚嘗論之曰。本邦譬諸岐周之

地文王用之以與二南之化秦皇用之有朝八州之

氣風俗與化移易顧導之之術何如耳孔子曰。仁者

必有勇盖東方之風氣亦使然也。及吾・神祖受命

武以遏亂文以興治。列聖纘業百年于今文武忠

厚不帝勝殘去殺之日嘗聞貴邦申文忠公叔舟臨

卒成宗康靖王問其取欲言對曰。請勿與日本失和。

申公於我前代干戈之際其言若此。況今諸公憂國

如文忠用心則實是兩國蒼生之福也。

平泉曰。申文忠公即僕外先也。臨終之「言誠出於

睦鄰好戒邊釁之意而明公亦聞此言勉戒至此兩

邦千萬世之幸歟。可賀。

白石曰。前言以論善鄰之誼耳。不圖申公之外孫實

來講兩國之和公世其德則登唯僕所謂蒼生之福

公門亦有餘慶焉謹賀。

青坪曰。不侫常以為貴邦不尚武之國今來見之則

文教甚盛誠可奉賀申文忠之言千古格言。而即今

兩國　主聖時平鄰好自然敦睦。何可一分相阻之

念乎客中惊惊。欲一見絕藝有所仰請盛教如此慚

愧愧愧。

白石曰兩國和好禮信而已請君於對州。亦是東道

之主。唯其以密邇貴邦。末界微事相失其驩心是懼

平泉曰。靦然誠然。但恐貴邦不如吾邦之盡誠信耳。

白石曰自古敵國生隙輕銳好事之人爭長不相下。

而開邊釁者多矣老拙竊恐後生少年。必因交接節

目。相失兩國之驩心諸公歸國之後能為朝廷識焉。

諸公國之重臣敢布腹心。

江關筆談

青坪曰。細小節目本來不為計較何可有此過慮乎。

然各盡在我之道則鄰好可以萬世永固矣。

白石曰。過憂過慮老生常態而已詩不云乎采菽采

菲無以下體我言雖老耄請亦擇焉。

平泉曰宗對州與俺等萬里同行辛勤護持甚誠勤

國王殿下果已下燭否。

白石曰伏惟　明睿有臨靡耶不照

平泉曰貴國諱國諱法如何二名固不偏諱而貴邦

國諱有偏諱之規耶貴邦人士耶作詩文或有犯用

耶諱之字未知何故。

白石曰。本邦古字猶貴邦諺文中世以方俗兒備隸

楷等字以通義而已是故凡用字法要在訓詁而不

在聲音如諺國諱法亦必不在文字雖然及于近世

大抵有偏諱之法焉。

平泉曰國書旣荅文字曾前使臣或於未及正書之

前得見矣明間可以得見耶。

白石曰。辭命之事僕不與焉。無能為已。

平泉曰俺取著公知之乎

白石曰不知。

平泉曰。此是幅巾。

白石曰。本邦近製幅巾僕未見古制也。若其有副幸

得借一以倣製焉。

平泉遂脱贈。

白石起再揖謝曰。可以比縞紵之贈

平泉曰。欲著幅巾先著緇冠制在家禮國式可考。

白石曰。副使從事取戴似本邦取謂錦繡冠

又曰。下官前歲觀光於上國幸及見 天朝冕弁之

制盖是上世之物。且本邦文物出於三代之制者不

少如僕取戴者。即是周弁之製亦如深衣之製校之

禮經則知漢唐諸儒漫費其説也。

南岡曰。深衣之制。司馬公以後自有定論。貴邦豈有

他本耶

白石曰。考之禮經而可也。漢唐以來。諸儒紛紛之說。

何足以徵之也。本邦之俗耶稱吳服者盖與深衣之

制大同小異耳。

南岡曰貴邦冠昏喪祭用文公家禮否。

白石曰本邦禮。多與三代之制相同如其凶禮則大

連氏小連氏世掌相襲事焉孔子稱善居喪者即此

且如唐陸德明周禮音義之書引鄭大夫之說以為

本邦盖有古之遺法可以見其校椠耳近世喪祭儒

江關筆談

東郭曰。圃隱先生十一代孫。登武科以裨將方在行

白石曰。鄭宣傳於其祖文忠公世次多少。續述　宣傳即鄭

東郭曰。僕之蝯子名胤柞年二十二歲矣。　東郭即製述官號

白石曰。製述官令胤幾位在。

席上製述官及三書記入來。

之遺法。

弄反今倭人拜以兩手相擊如鄭大夫之說盖古

九攃韶首振動音義曰。如字李依大夫童音杜徒

陸德明經典釋文周禮音義春官宗伯笠氏職曰。

家頒依朱子家禮而行之。

中大明大祖建國之初圖隱先生以進賀使入中州。

得見文物之盛豈不壯哉帝哉圖隱集中有紀

實之誌焉。

白石曰鄭先生之後。何為登武科。

東郭曰其人自是能文壽士。而朝廷勸令就武矣以

其才略出眾可作大將軍。

白石曰壬戌之聘僕與滄浪子有一揖之舊洪書記

莫為其族人耶。

洪書記答曰有知舊之誼。而非親戚也。

白石曰敢問君家門閥及令子弟幾在巖南二君亦

洪書記曰。僕姓洪名舜衍字命九號鏡湖系出南陽
見為太常寺判官。而科第則丁巳進士乙酉文科耳
年今五十九。而命途奇薄。一子纔殀於數年前膝下
更無一塊肉承此盛問。不覺悲咽。
嚴書記曰。僕姓嚴名漢重字子鼎。我國江原道寧越
郡人號龍湖時年四十八庚午參進士試而戊辰及
第歷秘書省博士。承文院校撿高敞州大守今以副
使記室來鴈行則只有一第名漢年有兩子長名微
次名儆。

南書記曰。聖重姓本宜寧居京。乙未從事官壺谷先

生第三子也。年四十七。伯兄正重官至慶尚道觀察

使。已於甲申卒逝。一兄一弟。無官職耳。

白石曰。壬戌製述官成君琬健在否。

洪書記曰。今夏巳作千古人矣。

白石曰。昔得海外之交。今作地下之人哀哉。

東郭曰。此人官不高壽不長。可哀可哀。

白石曰。翠虛有嗣子否。成琬號翠虛即

東郭曰有二子矣。

白石曰。幸歸國之日。以僕言達其二子。

江關筆語

東郭曰當如敎耳。

白石曰。今日僕因製述官見圃隱鄭公之遠孫。在昔

本朝永和二年實是大明洪武十年鄭公以高麗氏

之使來見我九州節度使源貞世以講二國之和貴

邦開國之日朴公敦之來乃是修高麗氏之舊好也。

公等進見之日。受書官源少將者貞世九代之族孫。

青坪曰鄭宣傳續述即圃隱先生十一代孫也厥後

奕世簪纓為人亦奇士故僕以軍官帶來若源公之

裔誠是奇士。未知源少將名字云何而將有入來館

之事耶

白石曰。故九州節度使源公族孫。名伊氏見任近衞

少將。豐前守。家世称品川信使始到都下之日斯

人亦當得奉使而來于館中公等辭見之日。或有見

斯人於闕下焉。

青坪曰。今日此會誠兩國千古之盛事可以記諸國

秉矣。

白石曰。昔者鄭公申公相繼而來以講二國之和。近

者壺谷南公以丙申之聘來今聞趙公即申公之外

遠孫。而任公李公與鄭南二公之後偕來李公且南

公門人也豈唯群公世其德抑聊謂故國有世臣亦

若此實是鄰邦之大慶也不佞幸見此盛事可謂曠

世之奇會耳公等記以垂之後世則庶乎不朽矣

南岡曰使華交聘何代無之而今日此會無愧乎僑

向之相得豈不奇哉別後相思當面望扶桑之日而

已能不黯然

青坪曰古語云頎蓋如故若一笑莫逆何論疆域之

異同今日之會一堂笑謔真兩國交聘以來不易得

事也肝膽相照渾忘楚越之遠隔明公以為何以

平泉曰疆域有限海陸邅隔一別之後嗣音無路言

念及此能不挹挹唯有一片明月分照萬里之心肝

耳。

白石曰。鄙懷亦唯在隅桑之卒章中心藏之何日忘之諸公歸國之後。幸賜東望相思。

又曰。今日宴語記之亦奇敢請席上數十紙他日幸賜焉遂揖別而歸。

江關筆談終

江關筆談

四〇

京二條通高倉角

八文字屋正兵衛

1

兩東唱和後錄

正德元年辛卯秋九月十四日

朝鮮三官使著舩于當境同二十日對馬州之醫

士橘氏靖庵誘于予及男周南門人杏仙於西

本願寺堂初會

雞林醫官宜務郎典消司直長奇斗文

○謾稟

　　　　　　村上溪南

仙櫂長涉

萬里海瀛

賢勞艱苦

貴體無恙誠神之所扶也始接

高儀渥荷

鴻慈不勝歡忭謹茲拜祝

○復

涉盡重溟幸免危險此誠由拎

両邦敦修之力得覩

君等如舊相識駐節之際若有所需幸書示之聊

以適

盛意

○稟

奇丰文号覺百軒

村上溪南

示諭懇々夙志頓足笑不佞　壯歲業針資質甲陋味

了其義書其所疑以汚

高覧

　奉呈

大隅伯奇公几下

高名瞻仰日久幸今得把

光範不勝欣悚之至僕氏村上字溪南號樵齋家世

業鍼其傳來　祖先受

貴國雲海士之弟子金得拜之傳僕得松其原流而

繼箕裘之業此皆　先師之賜也然資質頑愚針

刺汰術去師久遠惑亂其要音故撮其疑者致問

靈樞經脉篇言病有是動有所生而盛則瀉之虚

則補之不盛不虚以經取之矣所謂人之病有內

外證因乎外而及乎內因乎內而及乎外且有外

內兼病者蓋所論本篇非是動病者外感而所生

病者內傷乎何而言之

是動者六氣之病也六氣旋轉不息故曰是動夫

三陰三陽之氣在表而合乎天之六氣亦俱各循

手足之經而氣逆乎外而病見乎內也又按是動

者病在三陰三陽之氣如所謂終始篇則動見乎

人迎氣口於左右口一盛二盛等病在氣而不在經故

盛則瀉之虛則補之者則若官針篇所說淺刺絶

皮益深刺絶皮此因針之淺深以瀉陰陽之氣偏

盛此取皮膚之氣分而不及乎經也管解如此有

補瀉刺法乎未詳其意

所生者十二藏府之病也十二經脈生于藏府故

曰所生夫藏府之病外見乎經證盖五行之氣五

藏所主而六府爲之合乃肺脾心腎肝在府則津

液氣血骨筋此皆藏府之所生而外見乎經證此

俱病則因乎內而見乎外也亦有針刺補瀉乎未

審是否ヤ

再按所論本篇不盛不虛以經取之者如陰陽之

氣血有盛虛而所生之經脉不調和則當取之於

經歟所謂考攄一穴主證之經而引針其邪疾而

已蓋如此則俞穴猶不可拘分寸之高低也然則

穴穴亦非穴也在其經俞之主治亦使從他經之

俞而為主治之而後不同哉此轉合符於今時之

治療也是何偶中耶其餘孑石灸燔之補瀉及井

榮俞原之刺或繆刺之法如難經之子母迎隨呼

吸迎隨往來迎隨等其補瀉之義區々不一定今

方於針刺也雖曰有規矩摸範未得之取用也昔
子陽得扁鵲為之依歸故得屬鍼於虢太子伏气
足下
賜秦越人之指導幸甚

　　　　　　　　　　　　樵齋村上濱南頓首拜

○後

萬里行役精神疲勞雜務紛冗未克穩談幸有所

持来之書然管見不足觀已姑塞其責

○稟　　　　　　　　　　斗丈

蒼波之遠候問之多伏想

　　　　　　　　　　　　　　溪南

公之至厭困矣然以此會難再不憚勞耳多罪多罪
觀

公之書實是人世之所不見也其中有別穴之在欲
書寫焉未知許否又有井榮俞經合之諸穴如何
為取用之乎
○復　　　　　　　　　　　斗文

治病論穴之說皆在僕之冊中

君等既已觀之不為答書幸勿見訝此冊之外僕別
無意見
○又禀

溪南

經絡俞穴分寸及折量之法古來諸說之同不同

不偟不講究也若誤施針灸而俞穴不的則徒傷

良肉而殘害於人故竊撮療病之扞格而難來擇

者凡五十有穴為一小冊謹呈

悟右乞

公之是正恐至厭倦顧他日筆語以明告底蘊則不

一人之幸實萬世之幸矣

○後

君之於針也可謂能勤矣所　　　斗文

日以再書復焉　　示多端勿卒特甚他

11

○謹奉稟

寄公閣下

僕氏村上字周南自號得應齋溪南之長子也

找

垂示其刺法

朝剌法知用毫針之類鍼針之法未知刺之伏冀

○荅　　　　斗文

言不相通唯以為恨耳凡毫微針及細三稜針共

○問

用左手大指伏而按穴取其爪甲外之際而刺之　　周南

12

教導ス
其刺未審試刺僕之皮肉以明示セ

○答
其刺法如此刺曲池足三里雖其針大不覺疼痛　　斗文

○問
別法有針否　　周南

○答
大腫針　中腫針　小腫針　以上廣狹三針出於懷中示焉　　斗文
此濕熱凝結因作腫甚痛者失之　　溪南

13

僕等在隘巷無師友之助今也得拜

詔

異邦大醫忽披平素茅塞何

賜君之多幸感謝

右筆語畢而再拜去

○奉謝

溪南案下

所論醫說無進於古人之法君此不已則幾近於

渝腸滌胃之才豈不高明哉而　君勉々勵々若

夫欲知補瀉虛實之法醫學入門子午流注之法

神應經針灸之穴博學明辨守而勿失萬病治療

百發百中後必為

日東之倉扁矣

時季冬臘月三韓宜務即典消司直長嘗百軒

○重奉呈

奇公几下

向者始接

芝眉過蒙

渥恩知所未知聞所未聞

高教之審忽啓昏蒙今亦賜

兩東唱和

15

玉章豈是百朋之錫實希世之家珍也欲往謝之
錦帆西還無如之何故曰對馬家臣大浦氏贐紙衣
一幅聊效千里不諼之誠茲竭
敬仰景慕之意云
臘月十九日
村上溪南再拜

16

兩東唱和別錄

奉和樺師韻

　　　　趙泰億

客裏逢秋鬢欲霜菊籬松徑憶茶桑來時海舶風濤
壯去日江關道路長萬戶樓臺開活畫千林橙橘送
清香滿篷強和高僧語旅恨詩情攪寸腸

○清見寺題謝芝岸老師

　　　趙平泉泰億

清曉山門得暫過樓頭拂席白雲多峯連富嶽千秋
雪日湧滄海萬里波華樹地腥常爛熳韻僧手老尚
吟哦勿々却別諸天去王事關心四牡詩

○遠州增樂茶店作

　　　住靖菴守幹

板屋蕭然望碧灣蘭丹深繫敗荷間金爐一穗茶煙

起遠客停驂暫解顏

○即賦呈坐上諸公　　　　　李東郭

東郭狂生本不才六十除二鬢全澄暖中文字五千

卷醉裏豪情三百盃屢忝朝班仍作室再攀仙桂一

居魁胸懷坦蕩無涯畛物色今朝更莫猜

○富士山　　　　　李東郭

冷氣侵人竹肩輿且少停休誇千丈白爭似四時青

一次奉草埜詞伯　　　　　同

驛樓寒日小輿選才子高標得再攀兩後波濤看火

非雪中萃萃見神山君能自在煙霞裡我豈虛生宇
宙間王事不妨窮壯観此身隨處覚清閑

　同

日々長途並彎還一塲售晤亦難攀天涯断送黄花
節雲際初看雪色山賡斗孤槎期漢上連宵寒雨濺

　　泛叟

河間行々不瘳吟哦與忙裏多君意思閑

　同

　　龍湖

天末行人久未還賴逢仙侶共追攀雲濤浩渺連桑
海雪色嵯峨稅富山幾口可登鰲背上一秋空盡馬
蹄間知君素有吟哦癖客路風烟也不閑

丙辰八日　　録

冨士山

冨士高與上天通磅礴雄蟠日域東萬古氤氳絹清淑　　東郭

氣吸来安得貯胸中

和

區々秦漢路難通但說蓬瀛在海東天下神仙非妄　　泛叟

尹會鷹相見此山中

同

海外乾坤一望通冨山雄峙冠天東箕那亦有金剛　　龍湖

勝萬々千峰入夢中

和　　　　　　　　　　　　　　　同

20

海水無梁路不通此行何日到關東慇懃独有同来

客訪我寥々旅館中

春思

安媛 洪鏡湖妾

寶篆香銷欲曙天忽聞啼鳥到窗前沙頭夜過何山

雨柳外朝生极浦烟別恨自憐花影亂春愁暗興倆

佐遊瑶琴彈罷江南曲曲曲離鸞又採蓮

閨恨

同

十五嫁遊子二十猶未歸縱欲道心事与須相見稀

次贈雲上人・

東郭

悠々海水何時盡猶揭孤蓬萬里征欲挽溌光嗟未

得暗來明去太無情

同

東郭

竺教元非妄逢場意以親平生缺涵最吾厭戴儒巾

○重遇清見寺題奉芝岸長老二

趙平泉

遠客貪程去天寒日又昏名樓不可貪聊復駐征軒

○奉和平泉趙公高韻

日本東海路駿河州巨鼇山清見寺

賜紫沙門　　芝岸拜稿

○謹呈副使從事二君詞案下

芝岸

鼇背日西添寒烱松檜昏恨留詞客駕無月舊晴軒

鼇山風光招衆賢舊題今尚燦華戕此行若是無

佳作屬使寒江涵碧天

○奉謝芝岸上人道案　　　任靖菴

仙山鉾布踴前賢物色分留集彩牋縹紗金籠背上
坐夕陽無限海浮天

○清見寺謹次　壺谷先生韻贈芝上人　　李邦彦

縹紗龗山寺蒼茫鯨海波諸天日初没此地客重過
石磵當軒茶林罪入戸多厖眉可共語更奈別愁何

○芝上人録示二絶走次其韻仍述感懷示書記
南君仲容　　　　　　　　　　　　李南岡

24

攞攞搖躍想諸賢寶墨淋漓爛彩賤我是。壼翁門

下容不堪雙淚洒寒天上

余常受學於壼谷先生之門而仲容即其時過

庭者　辛卯後月下浣

更次呈　南岡師相韻

朝鮮國信使記室南仲容稿

乙未通信從事官壼公南尚書
龍之子也號泛叟

幕府聲名愧昔賢先君蕭躍覓遺賤長門不盡餘生

決更酒籠山日暮天　長門岡安德寺也　得見手蹟故云

右一絶昨夕思之而行忙今始錄奉

○薩埵坂口茶店即興　頤神

寒潮疊岸下士嶽聳擔頭欄上看無厭悠々忘旅愁

○清見寺題次　平泉趙公高韻

伊藤齋

晚來駐馬此經過清見寺中好趣多山右如尋台嶠

路門高似對浙江波千般佳景眞圖畫一首新詩巧

詠哦遠客偶遊形勝地暫時休唱渭城歌

○題松井和泉製豊山香墨瀨山　李東郭

26

豐山妙製最稱奇遺法當時自大師把取濃光題數
句筆頭澤覺噴香隨

〇追次佐生 佐々木 龍軸中滄浪子之韻
玄

李東郭

一家專美妙兩世奪天機運畫心為匠臨歲筆若飛
艸猶朴倔強楷亦入精微我且要揮酒珍藏數字歸

〇次奉梅江

同

青春紫陌早鳴珂每入南薰和舜歌頭白腕為天外
窓前愁離恨惱久多

〇洪滄浪書

朝鮮國滄浪洪世泰謹奉書于

日本國野鶴山足下

僕與　足下別于今三十年矣未知　足下無恙

乎否僕亦在世間而齒髮衰謝殊非昔筆相見人

可憐也每念在本誓寺日與　足下唱酬其言笑

之樂情志之孚實無愧於子產紆縞之義矣今其

詩什藏在篋底有時披覽慨然興懷低佪聞者久之

想　足下亦當然矣嗚呼僕與　足下生世異國相

去萬里山海間之唯是風馬牛之不相及而所往

來者此心耳記癸亥秋得　足下三十韻詩自馬

島傳來觀其文辭瞻博誠意懇篤至有同志多修
契歸仁爭爲真之句而下註別後諸人屢畫公像
使僕作贊語云何　足下愛僕之深而諸子惓々
不忘意亦可見矣宜還答用謝高義而春秋之義
大夫無外交故不敢識以越禮昌義得非聖人之
是懼而非敢忘　足下也然而中心感愧不自釋
焉今者兩國無事式修舊好使者東出疆域有通
乃敢肺書以往爲　足下謝而繼以三絶句在後
一覽而和之宰也製述官東郭李重叔吾友也其
人仁厚長者極有文章可善遇之　足下於僕見

29

愛之如此而不得見焉則見吾重叔當如見僕也

足下書中所謂僕之寫真至今有藏去者重叔

還可付之僕今已老矣竊欲致之使家人兒女輩

以識夫少壯顏面也各天一涯參商相望此書之

後更難書矣臨書悵惘不能為懷千萬唯冀 保

嗇以慰翹想不宜

蓬海仙槎一愛還日東消息杳茫間不知萬里今何

似三十年来野鶴山

東使今年又聘降試看滄海末生塵白鬢丹顏洪崖

子遠裏貢為少壯人

一別音書不復通此生無那馬牛風相思却似扶桑

日纔添西來後出東

重光單閼豲賓之上浣

○答書

日本國桃原野沂奉復

朝鮮國滄浪洪先生案下

壬戌之秋僕弱冠識荊須史一別三十年于是瞻

望不及相思多年今歲　貴邦修隣好致聘禮三

官使來江都製述官李重叔從其行而祗役一日

僕携長子活訪本願寺旅館與製述官邂逅唱酬

31

為其人也溫厚朴實強記多才動作成章懇遇可
愛乃傳一封謝闕之則寄僕老爺書也情狀顯然
一歡一悲不知所為僕翁辭世以降十六年代閱
其封則懇篤丁寧墨痕滑美翁亦有靈黠頭怡悦
沉審　足下齒髮衰謝雖然瞿鑠壯健欣抃至祝
屈指極知稱過耳順相別之後僕翁也平日動為
足下背語癸亥之秋偶附馬島便風寄詩消息
嘗嘆無相轉致今歲幸投一封則不在世間嗚呼
黃泉難呼起徒使僕等兄弟增追懷耳往歲詩中
馬真之事其言不違吾邦妙手古川狩野常信以

圖之僕翁為讚語者三四幅或罹災不存或在遠

邦以欠轉遭法印古川齡超古稀幸存于世新冷

之畫僕翁遺集寫其讚語代翁書焉且和三絕句

以附潮信其事雖異理則當然所畫顏貌孰與前

在来聘日耶家人兒筆謂之何如僕亦超壯歲生

平多病齡妹半百髮惟半白若得萍逢而非敢昔

年相見人可舉而嘆哉域殊海濶書信難又把筆

悵然馳思於複水重山而已亮佋不悉

此去佳人歸不還西邊望斷有無間歡憑飛愛超千

里淪海隔雲雲隔山

渭樹江雲難結隣昔年一別尺望塵謝君馳意老吾

老士戌來寅知幾人。

情實殊從使舶通一封書信託悲風可憐　白鶴山房

夢孤月空懸日本東

正德元年辛卯冬至日

兩東唱和別録大尾

正德二年歲次壬辰柔季春

浪速書林

村上清三郎

植田伊兵衛　壽梓

35

韓使官職姓名

〔三使〕

正使通政大夫吏曹參議知製教趙泰億號謙齋又
號平泉

副使通訓大夫弘文館典翰知製教兼經筵侍講春
秋館編修任守幹號靖巷

從事通訓大夫弘文館校理知製教兼經筵侍講春
秋館記注李邦彥號南岡居士

○上々官三員通倭語

同知　李碩麟字聖瑞　　僉知

同知　金始南字重叡

僉知李松年字久叔

○學士

製述官前佐郎李礥字重叔號東郭安岳後人也生
甲午乙卯歲為進士癸酉年為柑科狀元及第丁
丑又重試科以前任安陵太守今為製述官于時
五十八歲

○書記

正使書記判官洪舜衍字命九號鏡湖

副使書記判官孫嚴漢重字子鼎號龍湖乘進士及
第歷職秘書省博士高敞郡太守

從事書記副司果南聖重字仲容號泛叟以曆中来

聊使從事南靈谷公之子也

○寫字

李喬長字仁叟號貞谷或號養靜主人天安人

李爾芳字馨遠號花巷兕山人

○雖不為寫字職粗能書之輩二人

前奉事金時璞號海峯

錦谷　不詳姓名書泫遒美似米元章之書

○鑒

良醫　前直長奇斗文　前主簿玄萬奎

38

副司勇李瀣

○畫　副司果朴東晉號竹里

○馬上才　池起澤　李斗興

○理馬　安英敏

○典樂　金碩謙　金世璟

上判事

前判官洪爵明字水鏡　副司勇玄德潤字道以

前判官鄭呂問

次上判事

前主簿金廷採字楊用　前僉正崔漢鎮

前僉正金顯門字大材

○押物判事

前直長朴泰信字信哉　前奉事金時璞

前直長趙得賢

○正使軍官

僉知李詻　僉知金謚英

經歷趙健　僉知韓範錫　前郡守李行儉

哨官金世珍　前參奉韓潤基　主簿柳瀞

○副使軍官

前監察閔濟章　宣傳官鄭壽松　都事趙儐

官傳官鄭纘述　護軍中飛熽　前別將劉廷佐
副司猛張文翰　閑良任道升
○從事軍官
副司勇卞景和　別破陳兼軍官金丰明
嚴漢佐
中官百七十人
下官二百七十四人
合爻四百九十七員

兩東唱和錄卷

坐間筆語附江關筆談
兩東唱和後錄

1711년 신묘통신사와 아라이 하쿠세키[新井白石]의 필담을 통한 상호 소통

1. 머리말

1711년 신묘통신사는 조선후기 한일교류사에서 가장 이례적인 사행이었다. 일회성으로 끝나기는 하였으나 빙례개정과 일본국왕호의 사용 등, 통신사 의례 개정을 위한 시도가 있었다. 그리고 국서의 피휘(避諱) 문제를 둘러싸고 갈등이 심화되었다. 결국 이 문제로 조태억(趙泰億, 1675~1728) 등 통신사 일행은 돌아오자마자 곧바로 수금(囚禁)되었다. 이러한 일련의 과정 중심에는 막부의 개혁을 이끈 아라이 하쿠세키[新井白石, 1657~1725]가 있었다.

아라이 하쿠세키는 보통 조선멸시론의 단초를 제시한 인물로 거론된다.[1] 그런데 아라이 하쿠세키가 한일 역사에 대해 왜곡된 인식을 지니고 있었더라도 조선인에 대한 현실적 인식이 완전히 왜곡되었다고

---

[1] 정응수는 아라이 하쿠세키가 조선을 "일본의 은혜를 입은 나라"이며, "禮信의 나라가 아니"고 "文으로 일본에 복수하려 하"는 나라라고 생각했었다고 하쿠세키의 조선관을 정리하였다.(정응수, 「新井白石의 조선관」, 논문집 2, 남서울대학교, 1996, 637~653쪽.)

는 할 수 없다. 그가 주장한 대로 통신사 사행원의 기록에 막부 장군을 '왜추(倭酋)'라고 야만시하여 부르는 것이 종종 발견되고, 또 임진왜란의 원한을 표현한 시구나 일본을 교화시키겠다는 의지를 보이는 문구 역시 많이 보인다. 그러나 일본인과의 필담에서 도쿠가와 이에야스는 언제나 임진왜란의 원흉인 도요토미 히데요시를 죽여 대신 원수를 갚아준 인물로 추켜세워진다.

반면 일본인의 조선관도 이중적인 면이 있었다. 신화 속의 신공황후(神功皇后) 삼한정벌을 역사적 사실로 취급하고 도요토미의 한반도 침략에 대한 자부심을 가진 문사도 있었지만 필담 도중에는 드러내지 않았다.[2] 11차 사행 당시 이런 인식을 섣불리 드러냈던 시바노 리쓰잔[柴野栗山, 1736~1807]의 『隣交詩史』[3]는 제술관이었던 남옥 일행에게 준열히 내쳐졌다. 이런 서투른 행동은 미숙한 국학 생도나 먼 지방의 시골 선비들에게서 아주 드물게 볼 수 있는 것이었다.

요컨대 양국의 문사들이 각자 상대국에 대한 이해나 혹은 오해, 더 심하게 왜곡된 인식을 가지고 있을 수 있지만 내부에서 통용되는 담론과 외부로 드러내는 표상은 다른 차원의 문제이다. 외부로 드러나는 표상은 양국이 공통적으로 인정할 수 있는 것이어야 하는 것이다.

통신사는 공식적인 외교사절이다. 통신사행은 '교린(交隣)'이라는 외교를 실현하는 동시에 정탐도 아울러 수행되어 한다. 상대국인 일본도 외교적 행위로서 유리한 정보는 흘리고 불리한 정보는 숨겨야 할 필요

---

2 일례로 『賓館唱和集』(교토대학부속도서관 소장)의 서문을 들 수 있다.
3 일본 국회도서관 소장.

가 있었을 것이다. 객관의 출입은 엄격히 제한되었고 일본문사가 필담을 쓴 종이는 다이가쿠노가미[大學頭]의 검열을 받는 것이 기본 규율이었다. 양국 문사의 교류는 공적인 창구를 통해서 이루어졌는데, 이는 필담창화 역시 외교 임무를 실현하는 장이 되어야 했음을 의미한다.

상당한 변화와 갈등이 있었던 1711년 신묘통신사 당시 소통의 기능을 담당했던 필담은 외교적 문제가 발생했을 때 해결로 가기 위한 탐색과 평가에 중요한 역할을 했을 것이다. 외교담당자와의 직접적인 접촉을 통해 탐색과 상호 이해가 가능했을 것이기 때문이다.

본 연구에서는 통신사 일행과 아라이 하쿠세키가 직접 나눈 필담을 대상으로 하여, 양국의 외교 실무자 사이에 이루어졌던 상호소통의 과정을 추적해보고자 한다.

2. 아라이 하쿠세키(新井白石)의 통신사 접대 과정

조선의 통신사 파견이 일본과 적극적인 우호관계를 맺기 위해서였다고 보기는 어렵다. 통신사의 재개는 후금의 압력이 요인으로 작용했다. 북쪽을 대비하기도 어려운 상황에서 일본을 경계하는 데 주된 목적이 있었기 때문이다. 그렇기 때문에 국가의 체면이 손상되지 않는 선에서 적당한 교린의 관계를 유지하려 했던 인상이 강하다.

일례로 양국 국서의 자구 문제를 들 수 있다. 일반적으로 자구를 고치는 문제는 주로 일본 쪽 회답서에 집중되어 있었는데, 일본의 잘못된 용어 사용이 문제가 된 것이었다. 그런데 1636년에는 일본 쪽에서

조선의 국서를 고쳐줄 것을 요구하였다. 일본 국내에서 쓰이는 의미
가 적절치 못하다는 이유에서였다. 조정에서는 용례가 틀린 것이 아
니지만 굳이 일본에서 꺼리는 글자를 쓸 필요가 없다는 취지에서 고
쳐주었다.[4] 분란을 일으키지 않도록 일본적인 특수성을 인정하는 태
도를 보였던 것이다. 유재춘은 1636년 일본이 답서에 일본의 연호를
사용하였음에도 별다른 문제를 삼지 않고 오히려 일본의 군비나 정세
에 관심을 쏟았던 것은 오랑캐와의 전쟁 없이 적절한 교린관계를 유
지하는 쪽으로 국내 여론이 옮겨간 데 기인함을 지적한 바 있다.[5]

어두워진 후 집정 등이 문서를 고쳐왔다. "獻土宜"의 헌(獻) 자는
장(將) 자로 고쳤고 "獻幣"의 헌(獻) 자는 설(設) 자로 고쳤으며 "隣哉"
의 재(哉) 자는 목(睦) 자로 바꾸고 "奉祀"의 사(祀) 자는 전(奠) 자로
바꾸었다. "辭覲"의 근(覲) 자는 향(享) 자로 고쳤다. 이외에 온당하지
않은 글자가 없었으므로 받았다. 당초 글을 쓸 때 시험해 보려고 한
데서 나온 듯 하였으나 그 나라의 글을 짓고 글자 쓰는 것이 경중을
모른다. 사신의 숙소에 "御宿所"라고 써놓고 찬물의 물목에는 "進上"
이라고 써놓았다. 이로 미루어보니 혹 다른 뜻이 없었던 것 같다.[6]

---

4 김세렴, 『海槎錄』 9월 25일.

5 유재춘, 「朝鮮後期 朝日國書 硏究」, 『한일관계사연구』 1집, 한일관계사학회, 1993,
　7~47쪽.

6 "昏後執政等 改造文書獻土宜之獻字 改以將字 獻幣之獻字 改以設字 隣哉之哉字 改
　以睦字 奉祀之祀字 改以奠字 辭覲之覲字 改以享字 此外無未安之字故受之 盖當初
　設辭 似出探試 而其國作文下字 不知輕重 使臣宿所處 則題以御宿所 饌物物目 則書
　以進上 以此推知 則或似無情矣"(남용익, 『扶桑錄』, 10월 29일)

위의 글은 1655년 통신사 종사관 남용익(南龍翼, 1628~1692)이 기록한 것이다. 일본측 집정의 서계에 있는 자구가 문제가 되어 고치게 된 부분을 지적하였다. 주로 상하관계를 그르치거나 의미를 잘못 전달하는 글자들이다. 이 부분에 대해 남용익은 처음에는 일부러 시험하려는 의도가 아닌가 의심하였다. 그러나 임금에게만 사용하는 어(御) 자나 진상(進上) 등의 용어를 남발하는 모습을 보고 그저 한자 용례에 대한 무지에서 비롯되었음을 깨닫게 된다. 문장의 용어를 일부러 잘못 쓴 것이 아니라면 조선 측에서는 크게 경계할 필요가 없었던 것이다.

몇 차례 통신사가 오고감에 따라 국서의 형식이나 문구의 문제는 잦아들어 1682년에는 별다른 마찰을 일으키지 않았다. 그런데 1711년 아라이 하쿠세키가 휘법에 대해 반격을 가하면서 양국 국서는 새로운 국면에 접어들게 되었다.

아라이 하쿠세키는 구루리[久留里] 번 번사(藩士)의 아들로 태어나 어려서부터 학문에 뛰어난 재주를 보였다고 한다. 1682년 26세 되던 해, 자신의 시집인 『陶情詩集』의 서문을 받기 위해 쓰시마인의 중개를 통해 제술관 일행을 만나 성완(成琬)의 서문과 홍세태(洪世泰)의 발문을 받았다.[7] 이 일이 계기가 되어서 30세에 기노시타 준안[木下順庵, 1621~1699]의 문하에 들어가게 되었다. 37세에 스승인 준안의 추천으로 고후[甲府] 번의 번주 도쿠가와 쓰나토요[德川綱豊]의 시강(侍講)이 되었는데,

---

7 이때 홍세태와 나눈 필담 『與洪滄浪筆語』가 아라이 하쿠세키 후손의 집안에 남아있다고 한다.(이원식, 「新井白石と朝鮮通信使」, 『新井白石の現代的考察』, 吉川弘文館, 1985)

쓰나토요는 훗날 장군에 오른 이에노부(德川家宣, 1662~1712)의 초명(初名)
이다. 이에노부의 즉위에 따라 하쿠세키는 정치고문의 역할을 담당하
였고, 이후 문치주의를 기반으로 하여 이른바 '쇼토쿠의 치[正德の治]'라
고 불리는 정치개혁을 실행하였다.

　하쿠세키가 일본국왕호 사용을 요구했을 때 조선 조정의 비판과 불
만을 미야케 히데토시는 세 가지로 정리하였다. 국왕호를 다시 사용
하는 데 대한 설명이 부족한 점,『節目講定』을 무시한 점, 갑자기 일
방적으로 개변한 것은 조선을 모욕하는 것이라는 점이다.[8] 1636년 일
본 연호를 사용하는 것을 문제 삼지 않았던 것처럼 조선에서는 일본
의 통치자인 장군을 일본 국왕으로 칭하는 것 역시 큰 문제로 여긴
것 같지 않다. 그보다 문제가 된 것은 갑자기 통보해온 일본 쪽 태도
였다. 그러나 조선에서는 사신의 안전과 양국의 화평을 이유로 받아
들였다. 상대를 자극하지 않는 선에서 적당한 교린의 관계를 유지하
려는 입장의 연속선상에 있었던 것이다.

　국왕호의 문제는 오히려 일본 국내에서 큰 파장을 일으켰다. 당시
에 이미 大學頭였던 하야시 호코[林鳳岡, 1645~1732]와 쓰시마 서기였던
아메노모리 호슈[雨森芳洲, 1668~1755] 등이 반론을 제기하였고 이후에도
많은 논란을 불러왔다. 국왕호 문제는 하쿠세키에게 "第一의 難事"였
던 것이다.[9] 그렇게 될 수밖에 없었던 이유는 민덕기의 지적대로[10] 하

8　三宅英利,「朝鮮官人の白石像」,『新井白石の現代的考察』, 吉川弘文館, 1985.

9　宮崎道生,『新井白石の研究』, 吉川弘文館, 1958, 74쪽.

10　민덕기,「新井白石・雨森芳洲의 對朝鮮外交와 관련한 텐노(天皇)觀」,『사학연구』48
　　집, 한국사학회, 1994, 127~157쪽.

쿠세키가 "쇼군을 텐노의 신하라는 입장에서 탈피시킬 수 있는 가장 적절한 칭호"였기 때문이었다. 그리고 이를 효과적으로 선전할 수 있는 기회가 바로 신묘통신사였다.

장군의 즉위식은 1709년 5월 1일에 있었고, 6월 20일 하쿠세키가 조선빙례에 대해 건의를 하였다. 결국 그가 막부에서 한 최초의 일은 통신사에 관련된 것이라 할 수 있다. 1711년 통신사가 6대 장군의 습직을 축하하기 위해 파견되기까지 하쿠세키의 저작을 보면 상당한 준비를 했음을 짐작할 수 있다.

당송 이래 외국에서 조빙할 때 의식이 세 가지 있는데, '입견(入見)', '사연(錫宴)', '사조(辭朝)'이다. 본조의 옛 의식에도 '진견(進見)', '사향(賜饗)', '사견(辭見)'이 있으니 사신을 위로하기 위해서이다. 우리 사신이 조선에 갔을 적에도 우리 사신에 대해 역시 우리가 그들 사신에게 하는 것과 같았다. 근래의 전례에 외국 사신이 진견하는 날 사향을 할 뿐이다. 이제 사신이 명을 받아 천 리를 오는데 한 번 보고 일이 끝나면 조정에서 예우하여 대접하는 뜻을 매우 그르치게 된다. 명을 받들어 자세히 정하니, 진견하는 날 빈객 예우를 이전 의식처럼 하고 사향하는 날 내전에 음악을 베풀어 즐기며, 사견하는 날 국서와 예물을 부치는 일을 한결같이 옛 의식처럼 하도록 한다.[11]

---

11 "唐宋以來 外國朝聘 其儀有三 曰入見 曰錫宴 曰朝辭 本朝舊儀 亦有進見賜饗辭見焉 蓋所以勞其使者也 我使臣之往于朝鮮 其於我使 亦猶我之於其使者也 近例外使進見之日 賜饗而已 今使客千里將命 一見事訖 則甚非朝廷禮待之意 奉旨詳定 其進見之日 禮賓如前儀 賜饗之日 設樂於內殿 宴樂之 辭見之日 附以國信禮物 一如舊儀"(「奉命敎諭朝鮮使客」, 『新井白石全集』 4권)

위는 장군을 대신하여 하쿠세키가 조선의 사신에게 보낸 글이다. 미야케 히데토시(三宅英利)는 신묘통신사 빙례 개정의 구체적 목표를 화평(和平), 간소(簡素), 대등(對等)으로 정리하면서, 궁극적인 목표는 장군 권력의 보강과 국가체면의 유지에 있다고 지적하였다.[12] 그러나 막부의 재정이 어려웠는데도 신묘통신사의 접대에 들인 각 번의 비용 절감은 별로 효과를 보지 못했다. 게다가 위 인용문에서 보이듯 국서를 전하는 의식만 있었던 전례보다 사향, 사견의 의식이 더 늘었다. 이를 미루어 보면 신묘통신사의 빙례 개정은 양국이 똑같은 예를 행하였던 구의(舊儀)에 따르는 "대등"에 방점이 있었다고 보아야 할 것이다.

'本朝舊儀'는 고대 천황이 행하였던 의례를 가리킨다.[13] 하쿠세키의 개혁은 "쇼군=텐노라는 관점에서 聘禮를 개혁하"였고, 유교경전 등을 참고하여 "동아시아 傳統王朝처럼 幕府의 권위를 높이는" 방향으로 진행되었으며 "대등한 의례, 즉 '敵禮'的 관점에 충실한 것"이었다고 정리된다.[14] 세 사신을 위로하기 위해 방문하는 막부 사자(使者)의 관위를 낮추거나 사자의 송영을 계단 밑에서 행하게 하는 등의 조목은 조선을 멸시해서가 아니라 이전까지 지나치게 행해졌던 예를 『예기(禮記)』 등의 전적에 맞추어 대등하게 바로잡으려 했던 것이다.

바뀐 의례 때문에 몇 차례 갈등을 겪기도 했지만 결과적으로는 하쿠세키의 계획은 성공적으로 끝났다. 11월 1일 에도성에 들어가 진견

---

12 三宅英利, 손승철 역, 『근세 한일관계사 연구』, 이론과실천, 1991.
13 민덕기, 앞의 논문.
14 민덕기, 앞의 논문.

(進見) 의식에서 국서를 전달하였고, 3일 내전에서 사향(賜饗)의 의례를
행하였다. 사향의 의례, 특히 음악 부분은 하쿠세키가 남긴 글에서도
보이듯 가장 힘을 써서 준비한 것이었다. 이에 대해서 조태억은 "이번
영접한 예절에 변개된 것이 많으나 예에 어긋나지 않으니 힘써 따르
지 않을 수 없습니다(今番迎接禮節 多所變改 而不悖於禮 無不勉從)."[15]라고
하여 빙례개정에 이견이 없음을 드러냈다. 11월 5일 하쿠세키는 객관
을 찾아 세 사신과 술을 마시며 필담을 나누었다. 그리고 11일 회답서
를 받는 사견(辭見) 의례가 행해졌다.

　양국의 갈등은 피휘문제에서 불거졌다. 회답서에 중종의 휘인 '역
(懌)' 자가 발견되었고 아울러 외봉(外封)의 형식도 전례를 위반하였
으므로 사신 일행은 고쳐주기를 요구하였다. 이전 사행에서 이런 요
구가 문제가 되었던 적은 없었다. 그런데 하쿠세키는 오히려 조선의
국서 역시 일본 역대 장군의 휘를 범했다고 반격하였다.

　임수간의 「國書請改始末」에 따르면 13일 사신단은 이에 대해 항의
하는 서한을 하쿠세키에게 보냈다. "두 글자 이름에 이르면 『예기』에
본래 편휘하는 법이 없으나 우리 선왕의 휘는 한 글자이니 예법을 살
펴보면 마땅히 휘를 해야 합니다. 귀국에서 이 자를 쓴 것은 마음대로
쓴 것이 애초에 무심함에서 나왔다 할지라도 지금 우리들이 고치기를
청한 것을 귀국이 이미 알고 있으니 교린우호의 도에 있어 마땅히 고
쳐야 할 것입니다"[16]라고 하여 피휘의 근거를 『예기』에 두면서 피휘법

15　임수간, 『東槎日記』 11월 1일자.
16　"至於二名 於禮固無偏諱之法 而惟我先王之諱 惟此一字 揆諸禮法 在所當諱 貴國之

에 대한 이해가 없음을 완곡하게 탓하였다.

15일 집정부에서 보내온 회유의 글은 "『예기』에 옛 것은 두고 새 것을 휘한다 하였으니 5대가 지나면 없어지고 6대가 지나면 친함이 다하는 것은 천하에 두루 통하는 예인데 조선국이 스스로 근거하는 바를 모르겠다."[17]라고 하면서 양국이 범한 휘를 한 자씩 고치고 외봉의 형식은 그대로 둘 것을 제안하였다.

일본 측이 제시한 근거는 조선과 마찬가지인 『예기』였다. 피휘법이 없는 데도 이를 덮기 위해 전거를 끌어들인 태도에는 문제가 있지만, 그 근거로 동아시아 공동의 경전을 들었던 것이다. '賢君'이나 '弊邦'의 단어가 일본 내에서 쓰이는 의미가 다르다며 개서를 요구했던 1636년과는 근거를 드는 방식이 완전히 달라져 있음을 알 수 있다.

조태억은 18일 그간 사정을 알리는 장계를 조정에 보냈다. 조정에서 이러저러한 의견이 있었으나 사신의 제안을 들어줄 수밖에 없는 쪽으로 방향이 정해졌다. 이때 박권(朴權, 1658~1715)은 "설혹 법식을 고치더라도 이를 미리 서로 통보하여 상의하여야 마땅할 텐데 갑자기 마음대로 고쳤으니 지극히 근거가 없습니다. 사신들이 무슨 연고로 힘써 다투지 않는지 모르겠습니다."[18]라고 의문을 제기하였다.

泛用此字 初雖出於無心 今因俺等之請改 貴國旣已知之 則其在隣好相敬之道 宜則刪改"(임수간, 「國書請改始末」, 『東槎日記』)

17 "禮曰 舍故而諱新 五世而斬 六世而親盡 是天下之通禮也 未識朝鮮國自有所據"(임수간, 「國書請改始末」, 『東槎日記』)

18 "設或改式 當以此預相通議 而猝然擅改 極爲無據 未知使臣 緣何事不能力爭也"(『肅宗實錄』 1711년 12월 30일)

조태억 일행은 14일 국서와 외봉식을 고쳐주기 전에는 죽어도 떠나지 않겠다고 하였으나 결과적으로 18일에는 일본의 제안을 받아들이게 되었고 19일에는 에도를 떠났다. 박권의 말대로 "力爭"하지 않았다는 인상이 강하다.

여기에서 하나의 추정을 해 볼 수 있다. 이렇게 되기에 앞서 사신들과 하쿠세키의 사이에 어떤 공통의 이해가 형성되어 일본의 논리가 받아들여질 수 있는 상황이 조성되었던 것은 아닐까? 그렇기 때문에 직접 대면하지 않았던 조선 조정의 인물이 알 수 없고 이전 경험했던 일본인과 다른 어떤 면이 하쿠세키에게 있었던 것은 아닐까?

3. 필담을 통한 상호 소통의 전개

조태억 일행은 13일 피휘문제에 대한 일본쪽 답을 들었고, 몇 번의 서한이 오간 후 17일 일본 쪽 제안을 받아들이게 되었다. 19일 에도를 떠나면서 조태억은 일본의 사정을 "짐승이 되기도 하고 사람이 되기도 한다."[19]고 표현하였다. 일본의 요구대로 움직여졌던 자신의 입장을 이해받기 어려우리라는 것을 짐작하고 있었던 것으로 보인다. 죽음도 불사할 정도로 완강했던 태도가 바뀌어 며칠만에 조선으로 장계를 띄우게 된 것은 이이상 조선의 주장을 관철시킬 수 없다는 판단

---

19 "東來東武滯三旬 客路愁風復愁水 夷情爲獸又爲人 歸心可樂不知樂 王事旣竣還未竣 飛舶得迴吾得返 煩憂鬱鬱向誰陳"(〈旣受國書 因有犯諱字 請改不得 反以我我國書 有犯日本諱者 要我先改 不得已馳啓我國 離發江戶 途中口占 作疊小暑離鄕過小春字體〉,『謙齋集』8권.)

때문이었을 것이다.

　이런 판단을 내리기까지는 에도에 도착한 이후 일본 쪽 외교 담당
자인 아라이 하쿠세키와의 대면을 통해 조태억 일행 나름대로 일본
쪽 사정을 파악하였기 때문일 것이다. 피휘문제가 불거지기 전까지
있었던 필담의 기록을 통해 상호 소통의 전개를 살펴보도록 하겠다.

1) 아라이 하쿠세키[新井白石]의 문명국 인상 짓기 : 『좌간필어(坐間筆語)』의 대화

　『坐間筆語』는 1711년 11월 3일 "사향(賜饗)" 의식이 진행되는 동안
통신사 일행과 하쿠세키가 나눈 필담을 기록한 것이다. 『新井白石全
集』에 실려 있을 뿐 아니라 『江關筆談』이 부록으로 딸린 간본이 국내
와 일본의 여러 도서관에 소장되어 있다.[20] 연주되는 음악이 중심이
되었기 때문인지, 『坐間筆語』와 동일한 내용의 필사본이 『觀樂筆譚』
이라는 이름으로도 전하고 있다.[21]

　하쿠세키가 통신사 응접 과정 중 가장 관심을 기울여 준비한 부분이
바로 이 "사향" 의식이었다. 사신들을 내전에 초빙해 아악과 속악을 연
주하여 위로하는 의식이다. 이 의식에서 조선 사신들이 어떤 의복을
입어야 하는지 『經國大典』까지 참조한 흔적이 보인다.[22] 유학자의 입
장에서 예악의 정비야말로 문명국을 나타내는 징표였기 때문이다.

---

20 국립중앙도서관, 동경도립도서관, 早稻田大學図書館 등에 소장되어 있음을 확인하였
　으나 그 외 다수 있을 것으로 추정된다.
21 동경도립도서관 소장.
22 「朝鮮官服の事」, 『新井白石全集』 4권.

황조의 악부는 우리나라에서 얻은 것이 있고 외국에서 얻은 것이 있는데, 경사[교토]의 영관이 대대로 관장한다. 근래 연향에 속악을 예로 삼으면서 고례가 드디어 없어져 행해지지 않으니 한탄스러울 뿐이다. 신묘년 겨울 조선 사신이 내빙하여 11월 3일 내전에서 연회를 베풀었다. 전대의 예에 따르면 마땅히 속악을 써야겠지만 조산대부 원군미[아라이 하쿠세키]가 건의하여 다시 고악으로 대신하고 우리나라와 외국의 음악을 두루 사용하도록 하였다. 연향일이 되어 당상에서 음악이 연주되자 사신들이 모두 삼가 몸가짐을 다시 하였다. 매번 음악이 바뀔 때마다 군미가 함께 필담을 나누었는데 응대가 물 흐르듯 하였다.[23]

위와 같이 무로 큐소[室鳩巢, 1658~1734]가 쓴 제문(題文)을 통해 연향에 음악이 사용된 경위를 알 수 있다. 황조, 즉 천황의 조정에는 악부가 있고 또 악부를 관장하는 영관, 즉 악관이 존재하여 대대로 음악을 관장해 왔다. 그러나 고악은 어느새 사라지고 속악을 대신 연주하게 되었다. 그런데 하쿠세키가 통신사 내빙을 계기로 막부에서 전대의 예에 있던 음악 연주뿐 아니라 고악, 즉 아악을 부활시킬 것을 건의했던 것이다. 이 건의는 실현되었고 11월 3일 음악이 바뀔 때마다 하쿠세키는 사신 일행에게 연원에 대해 필담으로 설명하였다.

음악은 진모(振鉾), 삼대염(三臺鹽), 장보락(長保樂), 앙궁락(央宮樂), 인화락(人和樂), 태평락(太平樂), 고조소(古鳥蘇), 감주(甘州), 임가(林歌),

---

23 "皇朝樂部 有得於本邦者 有得於外國者 京師伶官之家世掌之 自近燕饗 以散樂爲禮 古禮遂廢不行 可嘆也已 辛卯冬朝鮮使臣來聘 惟十一月三日 賜宴於內殿 依前代禮 當用散樂 朝散大夫源君美建議 更以古樂代之 偏用本邦外國之樂 及燕饗之日 堂上樂作 使臣皆竦然改容 每樂更奏 君美與之筆語 應對如流"(「題坐間筆語」, 室鳩巢)

능왕(陵王), 납증리(納曾利), 장경자(長慶子)의 순으로 연주되었고 장경
자를 제외하고 춤과 음악이 함께 베풀어졌다. 이는 무로 큐소의 설명
대로 일본 고래의 음악, 당악, 고려악이 섞여 있는 것이었다.

> 하쿠세키 : 동방에 나라가 열린 날 천조의 공을 상징한 악무입니다.
> 모든 음악을 연주할 때 반드시 이 곡을 먼저 연주합니다. 진모는
> '언무'라고 읽습니다. 혹은 '주대무무'라고도 합니다.
> 정사 조태억 : 잘 어우러져 치세의 소리 같군요. 또 사향의 음악이
> 있습니까?
> 하쿠세키 : 사향에는 신악(神樂)이 있고 국풍에는 최마락(催馬樂)
> 이 있습니다.
> 종사관 이방언 : 진모는 언무와 같으니 음절이 평온하여 볼만합니
> 다. 분명 사향에 쓸 것 같은 생각이 듭니다.[24]

위 인용문은 첫 번째 음악인 진모에 관한 필담으로 하쿠세키는 일
본이 개국한 진무[神武]의 공을 상징한 일본 악무라고 설명하였다. 이
는 주술적 색채가 농후한 악무로서 곡명 그대로 창을 흔들며 춤을 춘
다. 그런데 진모는 일본음으로 "엔부", 즉 언무와 같다. 하쿠세키는 일
본의 신화적 요소를 제거한 채, 진모를 천하의 전쟁을 그치게 한다는
언무의 의미로 대치한다. 그리고 더 나아가 은을 멸망시키고 천하를
안정시킨 주무왕의 대무무와 연관시켜 설명하고 있다. 이런 인상 때

---

24 "東方開國之日 天祖象功樂舞 凡陳樂必先奏此曲 振鉾讀如偃武 或曰周大武舞 源君
美 渢渢乎其治世之音也 正使趙泰億 又有祀享之樂耶 同 祀享則有神樂 國風則有催
馬樂 美 振鉾似是偃武 音節雍容可觀 想必用於祀享 從事李邦彦"(『坐間筆語』)

문인지 임수간의 기록에도 이를 '언무악'이라고 하였다.[25] 사향에 쓰이는 음악을 묻는 질문에 신악, 즉 카구라에 덧붙여 일본에도 민요에서 채집하여 아악에 들어간 『시경(詩經)』의 국풍과 같은 최마락, 즉 사이바라가 있음을 알리고 있다.

그러나 앞서 말한 바와 같이 하쿠세키가 연악을 갖추기 위해 상당한 노력을 기울였음에도 조태억 일행은 속악을 버리고 채택된 당악과 고려악에 대해 시큰둥한 반응을 보였다. "삼대염"에 대해서 『文獻通考』 등을 참고했다고 하자 "문헌통고가 육경만 하겠냐?"고 반문한다.[26] 고려악인 "인화락"에 대해서는 당상관이 하는 담비털을 배우들이 하고 있는 잘못을 지적한다. 또 무악 "임가"가 연주될 때 무인(舞人)들이 쓴 두건을 이백의 "금화절풍모"의 종류라고 설명하자 조태억은 "악공들이 쓰는 화관 종류이지 사대부들은 쓰지 않는다."라고 대답한다.

> 하쿠세키 : 이것 역시 고려부의 춤입니다.
> 조태억 : 들고 있는 것이 무엇입니까?
> 하쿠세키 : 옛 불자인 것 같습니다. 내가 「천조예기도」를 본 적이
> 있는데 그 중에 「불자도」가 있었습니다. 바로 무인이 쥐고 있는
> 것입니다. 남경에 삼비고(三秘庫)가 있습니다. 창고에 소장된 것
> 은 다 성무천황 창고의 물건입니다. 불자 하나가 있는데 만들어
> 진 모양이 무인이 쥐고 있는 것과 다릅니다. 세상에 전하길 창고

---

25 임수간, 『東槎日記』 11월 3일.

26 "疏勤鹽曲之一也 隋唐以備燕樂者 美 何其不取韶護 而雜用外國之音也 億 故曰燕樂 美 何不用古樂懸耶 億 唐宋樂懸可考而已 所謂龍鳳鼓等制卽此也 其制詳見于文獻通考等 美 通考雖古書 何如六經 億 此又所以備燕樂也 美"

안에 또 조경이 남긴 글이 있다고도 합니다. 당시는 실로 당나라 개원 연간의 전성기였으니 창고 안 보물들 중에 당나라 물건이 많은 것을 알겠습니다.

임수간 : 왕유와 이백의 시가 모두 있습니까?

하쿠세키 : 내가 지난 해 한 번 남경에 들러 3대 옛 비고가 우뚝하게 여전히 남아 있는 것을 보았습니다. 그러나 소장된 것을 미처 보지 못했습니다. 왕유와 이백의 시가 역시 어떠한지 모르겠습니다.

이방언 : 김생의 진적이 남아있습니까?

하쿠세키 : 인적과 친필이 많이 있으니 남아 있을 지도 모릅니다.[27]

조선 사신들이 관심 있어 하는 것은 일본이 보존하고 있을 것으로 짐작되는 옛 중국의 문물이었다. 화제가 옛 수도인 나라에 남아있는 천황의 창고로 이어지자 조태억 일행은 비상하게 관심을 갖는다. 특히 하쿠세키가 한나라의 조조(晁錯, ?~BC 154)의 글이 남아있다는 세간 얘기를 언급하자 곧바로 이백이나 왕유, 신라 명필 김생의 글이 남아 있을 가능성에 대해 세 사신이 번갈아 묻는다.

　임수간 : 옛 제나라의 음악이 어떻게 귀국에 전파되었습니까?

　하쿠세키 : 천황의 조정이 수당에 빙문을 통할 때 전래된 것입니다.

---

27 "是亦高麗部舞 美 所採者何 億 蓋是古之拂子 吾嘗得見天朝禮器圖 其中有拂子圖 卽如舞人所採者 南京又有三秘庫 庫中所藏 蓋是聖武天皇內府之物 有一塵尾 其制 與舞人所採亦異 世傳庫中又有晁卿遺書云 當時實是唐開元全盛之日 則知庫中諸寶 器 多是唐代之物也 美 王維李白之詩皆存耶 幹 僕去歲一過南京 及見三大舊庫巍然 猶存 但恨未得見其所藏者 不知王李之詩 亦如何 美 金生眞蹟猶存否 從事李邦彦 多 有印蹟親筆 亦或有之 美"

조태억 : 이런 악보가 삼대의 음악은 아니지만 수당 이후 음악 가운
데 유독 천하에 전하지 않는 곡을 전하니 진실로 귀합니다.

하쿠세키 : 천황의 조정은 하늘과 시작되었고 천황의 종족은 하늘
과 함께 없어지지 않으니 천황은 진정한 천자입니다. 서쪽 지방
의 역대 왕조의 군주가 사람으로 천명을 이어 성을 바꾸어서 대
신 세우는 것 같지 않습니다. 그렇기 때문에 예악과 전장이 만세
를 걸쳐 한결같은 제도입니다. 저 삼대의 예악 같은 것도 역시
충분히 징험할 것이 있으니 어찌 수당 이후를 이르겠습니까?

조태억 : 예가 있기가 이와 같고 악이 있기가 이와 같으니 한 번 변
하면 중화에 이르지 않겠습니까?[28]

　위는 "능왕"의 무악이 중국 제나라에서 전래되었다는 설명에 이어
진 필담이다. 이날 베풀어진 12곡의 연악 가운데, 삼대염·태평락·감
주·능왕 등 네 곡이 당악에 속하고 장보락·인화락·고조소·임가·납
증리 등 다섯 곡이 고려악에 속한다. 하쿠세키가 고려악을 준비한 까
닭은 상국사 장로의 말[29]대로 조선인을 위해 조선의 음악을 연주하기
위한 것이었다. 그러나 임수간은 악곡 자체보다는 옛 중국의 음악이
일본에 전래될 수 있었던 까닭에 흥미를 느낀다. 조태억 역시 수당 이

---

28 "高齊之樂 何以傳播於貴邦耶 幹 天朝通問於隋唐之日 所傳來也 美 此等樂譜 雖非
　三代之音 隋唐以後音樂 獨傳天下不傳之曲 誠可貴也 億 天朝與天爲始 天宗與天不
　墜 天皇卽是眞天子 非若西土歷朝之君 以人繼天易姓代立者 是故禮樂典章 萬歲一
　制 若彼三代禮樂 亦有其足徵者 何其隋唐以後之謂哉 美 有禮如此 有樂如此 乃不一
　變至華耶 億"
29 "我朝有我朝并他邦之樂 逢貴國之人 則奏貴國之樂 以歡之 逢唐山之人 則奏唐朝之
　樂 以慰之"

후의 음악이 남아있는 점을 높이 평가하는 말을 하는데, 연악의 시작 때 "삼대염"을 폄하하던 태도와는 사뭇 다른 모습이다. 사신 일행에게 는 고대의 중국 문물이 일본에 남아있을 가능성이 무엇보다도 관심이 가는 부분이었던 것이다.

이에 대해 하쿠세키는 이례적으로 장황한 설명을 늘어놓았다. 西 土, 즉 중국과 동방, 즉 일본을 대조적으로 놓고 중국과 통교해 오는 과정에서 많은 문물이 일본으로 전래되었고, "萬歲一制"의 천황계가 있었기 때문에 이런 고대 문물의 보존이 가능했다는 대답이다. 역성 혁명이라는 유교적 이상을 부정하는 듯한 태도까지 보인다.

이는 다른 저작물에 보이는 하쿠세키의 태도와는 이율배반적이다. 그는 천황이 일찍이 잃었던 천명을 무가(武家)가 이었고, 미나모토씨 이래 패자였던 무가 정권을 끊어낸 도쿠가와 막부야말로 왕도를 추구 하는 정통의 왕으로 보았다.[30] 그렇기 때문에 일본국왕의 칭호를 써줄 것을 조선 조정에도 요구했던 것이다. 천황의 조정에서 베풀어졌던 아악을 에도에서 복원시켜 장군의 내전에서 연주한다는 행위 자체가 막부에 대한 그의 생각을 보여주는 증거라고 할 수 있다.

그렇다면 하쿠세키는 왜 이런 논지를 전개했던 것일까? 조태억 일 행의 태도에 원인이 있었다. 이들 앞에 펼쳐진 일본의 연악은 이국의 음악일 뿐 공유의식을 불러일으킬 만한 정도는 아니었다. 임수간의 일기에 이날 무인이 쓰고 있는 가면이나 복식이 매우 이국적으로 묘

---

30 ケイトワイルドマンナカイ, 「白石史學の政治的性格ー『古史通』の場合を中心にして」, 『新井白石の現代的考察』, 吉川弘文館, 1985.

사되어 있는데, 애초부터 주나라의 '대무무'와 비기려고 하던 하쿠세
키의 의도는 성공하기 어려웠던 것이다.

대신 통신사 일행이 관심을 가진 부분은 무형의 예악이 아닌 유형
의 중화 문물이었다. 하쿠세키는 이러한 조태억 일행의 관심사를 놓
치지 않았다. 김생의 필적이 남아있을지 모른다는 불확실한 일을 말
하기까지 한다. 그리고 오랜 세월 일본이 중국과 통교해온 나라임을
강조하였던 것이다. 이를 뒷받침하기 위해 실권을 행사했었던 시기의
천황까지 언급해야 했고 '만세일제'의 천황계를 전면에 내세웠던 것이
다. 이렇게 유형의 전적뿐 아니라 무형의 예악까지 일본 아악에 전파
되었다는 주장의 신빙성을 높일 수 있었던 것이다.

고대 중화 문물 잔존의 가능성이라는 테마로 양국 문인들은 공통의
관심사를 이끌어냈다. 하쿠세키는 "삼대의 예악"을 일본 예악에서 징
험할 수 있다고 주장했고 조태억은 그렇다면 일본도 "一變至華"할 수
있다고 수긍하였다. 이렇게 해서 연악의 자리는 하쿠세키가 정확히
의도한 것은 아니었지만 일본 역시 문명의 세례를 받은 나라임이 분
명하다는 양국의 동의하에 끝을 맺게 되었던 것이다.

2) 상호 이해의 굴절과 수용 : 『강관필담(江關筆談)』의 대화

연악이 베풀어지고 이틀 후인 11월 5일 아라이 하쿠세키는 객관을 찾
아와 사신들과 필담을 나누었다. 임수간은 11월 5일 일기에 "원여가 술
을 가지고 내방해서 밤새 필담을 나누고 갔다.(源璵佩酒來訪 終夕筆談而
去)"[31]라고 기록하였다. 『坐間筆語』에서 의사소통의 실마리를 찾은 통신

사 일행과 하쿠세키는 이날 본격적인 필담에 들어간 것으로 보인다.

이때의 『江關筆談』은 필담은 임수간의 일기인 『東槎日記』와 『新井白石全集』, 양쪽에 모두 실려 있다.[32] 『東槎日記』에 실린 『강관필담』의 서문에 따르면 에도[江戶]에서 나눈 필담을 시모노세키[下關]에서 정리하였기 때문에 "江關筆談"이라는 이름을 붙였다고 한다. 임수간이 이 서문을 쓴 것은 풍본관(風本館), 즉 잇키에 머물고 있을 때였다. 한편 『新井白石全集』에는 조태억이 편집한 것으로만 기록되어 있다. 사행록을 공동저작의 산물로 보는 통신사의 관례상 임수간이 시모노세키에서 정리한 것을 하쿠세키에게 보냈기 때문에 잇키에서 쓴 서문이 일본쪽 『江關筆談』에 실리지 않은 것으로 짐작된다.

『江關筆談』은 전반부는 『坐間筆語』에서 이루어졌던 화제를 이어, 神社에 비장된 중국 고서의 이야기를 시작으로 하여 하쿠세키가 접한 외국의 이야기로 이어지고 일본의 문물에 관한 질문과 대답이 이어진다. 후반부는 하쿠세키가 담배를 다시 권하는 것을 시작으로 해서 술을 마시며 서로의 호로 농담하는 말이 이어지고, 다른 인물들이 참여하여 인사와 소개가 오가는 순서로 진행되었다.

양국의 『江關筆談』은 전체적인 분량과 내용이 차이가 난다.[33] 가장

---

31 『東槎日記』, 11월 5일.

32 김태준은 『江關筆談』을 대상으로 하여 두 이본을 처음으로 소개하였고 내용을 정리하였다.(「18세기 한일문화 교류의 양상 -강관필담을 중심으로-」, 『동방문학비교연구총서』 2집, 한국동방문학비교연구회, 1992, 735~767쪽)

33 이일재는 양국 당사자의 입장에 따라 내용이 산삭되었을 것으로 추정하고 양쪽의 내용을 아우르는 새로운 『江關筆談』을 정리하였다.(「『江關筆談』에 대한 일고찰」, 『아시아문화』 19집, 한림대학교 아시아문화연구소, 2003, 161~205쪽)

크게 눈에 띄는 것은 일본 쪽 『江關筆談』에는 사적인 대화나 해학적인 농담 부분이 남아있지 않은 점이다. 각 필담의 산삭에는 각자 정치적 입장이 고려되었겠지만, 가장 큰 이유는 게재된 책의 성격이 다르기 때문이 아닌가 싶다. 하쿠세키의 『江關筆談』은 그의 전집에 실린 『坐間筆語』나 각종 의례에 관한 글에 맞추어 좀 더 공적인 면에 맞추어졌고, 임수간의 『江關筆談』은 사행의 구체적인 부분을 망라하는 사행록의 특성에 따랐을 가능성이 크다. 『坐間筆語』에 실려 있지 않은 문답 내용이 『東槎日記』 11월 3일 일기에 실려 있는 것을 보면 『坐間筆語』 역시 하쿠세키 스스로가 산삭을 행했을 것으로 짐작된다. 어쨌든 전체적인 이야기의 흐름이나 내용이 많이 어긋나는 것은 아니기 때문에, 필요에 따라 양쪽 본을 모두 참조하기로 한다.

(1) 문명의 과시와 정세의 탐색 :
신정백석(新井白石)의 의도와 통신사의 자세

11월 5일 필담은 『坐間筆語』에서 다졌던 친목을 바탕으로 진행되었다. 연악 도중 하쿠세키는 조태억에게 담배를 권하였으나 사양하였는데, 조선쪽 『江關筆談』은 이 이야기를 하쿠세키가 꺼내는 것으로 시작해서 구양수(歐陽脩, 1007~1072)의 「日本刀歌」를 인용해 선진 전적의 존재여부를 종사관 이방언의 질문으로 이어진다. 일본쪽 『江關筆談』은 담배 얘기 없이 곧바로 이방언의 질문으로 시작한다. 다음은 사신들의 물음에 대한 하쿠세키의 대답이다.

　　주나라 외사가 삼황오제의 글을 가져다 관장하였더니 공자가 끊어
내어 요순에서 주나라에 이르기까지 모두 백편이 되었습니다. 진나라
의 분서 후 한나라 사람이 비로소 복생의 글에 금문 경서를 전하였습
니다. 이후 역시 고문을 얻어 아울러 59편입니다. 그러나 선유들은
'고문이 동진에 이르러 나왔는데 그 글이 다 문자와 자획이 달라 복생
의 글 같지 않아서 읽을 수 없는 부분이 있으니 역시 말하기 어렵다.
과연 벽중서를 비로소 얻었다.'라고 하였습니다. 과두서가 없어져 당
시 사람 중에 아는 사람이 없었습니다. 더욱이 지금 한나라에서 이미
멀어졌으니 세상에 과연 그 글을 아는 사람이 있겠습니까? 후대 요순
삼대의 도를 보려고 하필 선진의 과두문에서 구하겠습니까? 먼저 금
문 경서를 읽어도 충분합니다. 그리고 요순삼대의 도는 백성과 호오
를 같이 할 뿐입니다. 우리 선대의 신이 보관한 것을 후대의 백성이
받들고 있는데 이제 와서 신명을 더럽히고 민정을 흔들어 혹시 찾아
내더라도 요순삼대의 글을 얻었다 하겠습니까? 요순삼대의 마음이
아니지 않겠습니까? 제가 감히 하지 않는 이유입니다.[34]

　　사신단은 아쓰타[熱田] 신사에 죽간이 남아있다는 얘기를 하쿠세키
로부터 듣고서 보여달라고 요구하였다. 이는 이틀 전 수당의 문물이
일본에 남았을 가능성에 대한 하쿠세키의 발언에 기반한 것이다. 물

---

34 "周外師取掌三皇五帝之書 孔子乃斷 自唐虞以下訖于周 凡百篇 秦火之後 漢人始傳
今文 於伏生之書 嗣後亦得古文 倂得五十九篇 而先儒以謂 古文至東晉間方出 其書
皆文從字順 非若伏生之書 有不可讀者 其亦難言矣 且若始得壁中書云 科斗書廢 時
人無能知者 況今去漢已遠 世果有能知其書者哉 後之要見二帝三王之道 何必求於
先秦蝌蚪之書 先讀今文 亦其足矣 且夫二帝三王之道 與民同其好惡而已 我先神藏
之 後民奉之 而至于今 今且褻神明拂民情 或索而得之 乃謂我能得二帝三王之書 無
乃非二帝三王之心乎 愚所以不敢也"(「江關筆談」, 『新井白石全集』)

론 죽간의 존재는 하쿠세키로서도 확신할 수 없는 것이었다. 그러나 불확실한 사실을 인정하는 대신 다른 방식을 선택한다. 유형의 문물보다 무형의 도가 더 중요하다는 논리를 펴면서, 현재 일본이 이 무형의 도를 실천하고 있다고 설파한 것이다.

조태억 : 천하가 모두 좌임을 하나 우리나라는 중화의 제도를 고치지 않습니다. 청나라는 우리를 예의의 나라로 여겨 역시 그릇된 예를 가하지 않습니다. 온 세상에 우리만이 동주가 되니, 귀국 역시 중화의 제도를 쓸 의향이 있으십니까? 지금 문교가 바야흐로 흥성한 것을 보고 한 번 변해 중화가 될 뜻에 대한 깊은 바람이 있습니다.

하쿠세키 :제가 시경을 배운 적이 있는데 아송에 이르러 은나라 사람들이 주나라에 옛 복식을 하고 왔음을 알았습니다. 처음 사신들이 올 적에 몰래 기뻐하면서 '조선은 은나라 큰 스승의 나라이다. 하물며 예의의 풍속이 천성에서 나옴에랴. 은나라의 예를 징험할 수 있겠구나.'라고 생각했습니다. 이번 행차에서 이윽고 군자들께서 이곳에 오셨습니다. 제가 의용과 관모와 도포와 홀을 보니 겨우 명나라 때 장복의 제도일 뿐 은나라의 장보관과 예복을 본 적이 없습니다. 이제 청나라가 대를 바꾸어 물건을 고치고 그 나라의 풍속에 따라 천하를 창제하였습니다. 귀국과 유구도 이미 북면을 하며 번국이라 칭하고 있습니다만 두 나라가 변발과 좌임을 면한 까닭은 청나라가 과연 주나라처럼 덕으로서 경계를 짓지 않은 것입니까? 아니면 우리 동방의 덕을 입어서입니까? 알지 못하겠습니다.[35]

---

35 "平泉曰 天下皆左衽 而獨我國不改華制 淸國以我爲禮義之邦 亦不加之以非禮 普天之下 我獨爲東周 貴邦亦有用華之意否 今看文敎方興 深有望於一變之義也 白石曰僕嘗學詩 至於雅頌 則知殷人在周 服其故服而來也 始聘使之來 竊喜以謂朝鮮殷大師之國

위는 소중화를 자부하는 조태억의 말에 하쿠세키가 대답한 것이다. 연악의 자리에서 조태억은 『六經』을 참조하지 않았음을 지적한 바 있다. 상고할 수 있는 최대치로서 수당의 문물을 참고한 점을 인정하지 않았던 것이다. 조태억이 조선이 중화의 제도를 채택했다고 하나 은나라가 아니라 근래 명나라의 제도에 불과하다고 꼬집고 있는 것이다. 청이라는 오랑캐를 중심으로 한 체재에 포함되어 있는 상태에서 중화를 자부하는 것 자체가 모순되었음을 지적한다. 그리고나서 중화의 제도를 유지할 수 있는 까닭이 청나라에 있는지 일본의 힘에 있었던 것인지 묻는다.[36] 이 말의 기저에는 중화 제도의 유지에 기여하고 있는 일본의 문덕에 대한 자부가 깔려 있는 것이다.

이상 두 인용문은 조선의 『江關筆談』에는 나오지 않는다. 위 필담이 실제 있었던 것이든 하쿠세키가 나중에 삽입 혹은 확대시킨 것이든, 그가 실제 강조하고 싶었던 것은 바로 이 점이었다. 연악을 시행함으로써 예악을 갖춘 문명국으로서의 일본 이미지를 심으려 했던 것과 마찬가지로, 요순삼대의 도를 행하고 조선과 유구와의 교린 체제 안에서 중화의 제도를 떠받치고 있는 일본을 강조하고 있는 것이다.

반면 필담이 진행되어가는 과정에서 통신사의 관심은 일본의 정세 파악에 있었다. 『江關筆談』의 전반부는 주로 통신사의 질문에 하쿠세

況其禮義之俗 出於天性者 殷禮可以徵之 蓋在是行也 旣而諸君子 辱在于斯 僕望其儀 容冠帽袍笏 僅是明世章服之制 未嘗及見彼章甫與黼冕也 當今大淸 易代改物 因其國 俗 創制天下 如貴邦及琉球 亦旣北面稱藩 而二國所以得免辮髮左袵者 大淸果若周之 以德 而不以疆然否 抑二國有假靈我東方 亦未可知也"(「江關筆談」, 『新井白石全集』)

36 일본의 덕을 입었다는 하쿠세키의 생각에 대해서는 정응수(앞의 논문)에 자세히 나와 있다.

키가 대답을 해주는 형식으로 진행되었는데, 중국과의 교역량과 해로 사정, 유구와의 관계, 천주교 선교 상황을 묻는 등 일본을 둘러싼 국제 정세에 집중되어 있다. 여러 나라 사람을 만나보았다는 하쿠세키의 말에 바로 다음과 같은 질문이 이어진다.

> 임수간 : 대서양은 서역의 국명인데 유럽, 이탈리아, 네덜란드 등의 나라는 어느 지방에 있는 모르겠습니다.
> 하쿠세키 : 귀국에는 만국전도가 없습니까?
> 이방언 : 고본이 있습니다만 이런 나라들이 다는 실려 있지 않습니다.
> 하쿠세키 : 서양이란 천축국에서 수천리 더 가야 하는데 이른바 대서양, 소서양이 있습니다. 저희 집에 1본을 소장하고 있는데 보여드릴까요?
> 이방언 : 과연 가진 게 있으시면 아끼지 말고 한 번 보여주십시오.
> 하쿠세키 : 다만 지명이 본방의 속자로 써 있어 공들께서 그 그림의 뜻을 이해하기 어려운 것이 한스럽습니다. 『월령광의』, 『도서편』 등의 책에 있는 것이 바로 그것입니다.
> 이방언 : 우리나라에 이런 책은 없습니다.[37]

사신 일행은 낯선 국명을 듣자마자 곧바로 비상한 관심을 드러냈다. 청과 직접적으로 교류를 하고 있는 조선에 만국전도가 없을 리 없

---

37 "靑坪曰 大西洋是西域國名 歐邏巴意多禮亞和蘭等國 未知在於何方耶 白石曰 貴邦無萬國全圖耶 南崗曰 有古本而此等國多不盡載矣 白石曰 西洋者去天竺國猶數千里 有所謂大小西洋 僕家藏有一本圖 呈之梧右也否 南崗曰 果有所儲 毋慳一示 白石曰 第恨其地名 以本邦俗字記之 諸公難解其圖義 在月令廣義圖書編等書者卽是 南崗曰 吾邦無此書矣"(「江關筆談」, 『東槎日記』)

겠지만, 처음 들어보는 나라 이름에 반응했던 것이다. 하쿠세키가 말한 만국전도는 네덜란드 상선을 통해 들어온 것으로 보인다. 알파벳으로 쓰여 있다면서 유럽 문자에 대한 설명이 들어 있는 『월령광의』, 『도서편』 등의 책까지 소개하였다. 이튿날 하쿠세키는 일본에서 번역해 다시 제작한 지도를 가지고 와 보여주었다.[38]

일본의 정세에 관한 내용은 보통 「聞見錄」 등으로 따로 정리되어 사행록에 부록으로 실리게 된다. 1711년 『東槎日記』에는 이 외에 「海外記聞」이 더 실려 있다. 「海外記聞」에 1709년 아라이 하쿠세키가 심문했던 이탈리아 선교사 시도티에 관해서까지 실려 있는 것을 보면[39] 상당히 자세하게 탐문했던 것으로 보인다.

11월 3일 임수간은 연악의 자리에서 일본 검술을 보여 달라고 청하였다. 이에 대해 하쿠세키는 "神機出入 變動不測"한 일본의 검술은 일본인 누구나 할 수 있는 사소한 기술이라고 과장해서 말하면서 이런 관심에 불쾌감을 드러냈다. 그런데 11월 5일 필담 자리에서 임수간은 다시 한 번 검술 보여주기를 청한다.

> (가) 본국의 근래 풍속이 무를 숭상하였습니다. 공들은 그 설을 아십니까? 본국의 풍속을 제가 논한 적이 있습니다. 비유컨대 기주의 땅을 문왕이 써서 주남, 소남이 교화를 흥기시켰고 진시황이 써서 팔

---

38 이에 관한 내용은 『坐間筆語附江關筆談』(국립중앙도서관 소장)에 실려 있다.

39 "近年有來泊薩摩州者 送其船 獨留島嶼間 往問之則以倭語答之曰 惟我天主教 諸國莫不尊奉 而獨不行於中夏及爾國 我國王送一人于中土 使我一人來此地宣教 固知爾國之不我容 而道可行矣 死此不避 州遂轉聞於江戶 國王遣源璵試往見而異之 捕囚江戶 給衣食 至今見在云"(「海外記聞」, 『東槎日記』)

주의 조회를 받는 기운이 있는 것입니다. …… 이는 인자의 용이니 동방의 풍기가 그렇게 만들었을 뿐입니다. 우리 신조께서 사방을 소유하여 성인이 이어진 지 지금까지 백년이니 잔학한 자를 제거하고 형법을 없애는 날만이 아닙니다. 저 역시 옛날 귀국 신문충공[신숙주] 이 우리를 논한 것을 말하겠습니다. 성종이 하고 싶은 말을 물으니 "청컨대 일본과 화평을 잃지 마십시오."라고 대답하였으니 진실로 대신이 나라를 걱정하는 말입니다. 공들께서 신문충공처럼 마음을 쓴다면 실로 두 나라의 큰 행운입니다.[40]

(나) 검도의 기술은 전날 명을 들었는데 또 지금 이것을 언급하시는 군요. 아마 공께서 우리는 무를 숭상하는 풍속이 있다고 여기시는 것 같습니다. 본국은 평소 무를 숭상합니다. 비록 그렇더라도 지금 들은 얘기는 바로 옛날 무예이지 우리가 숭상하는 것이 아닙니다. 『우서』 에서 요임금을 찬양하기를 "성스럽고 신령스러우며 무를 갖추고 문을 갖추셨도다."라고 하였으니 문무는 한 가지만 숭상할 수 없는지 오래 되었습니다. …… 저는 "비유컨대 기주의 땅을 문왕이 써서 주남, 소남 이 교화를 흥기시켰고 진시황이 써서 팔주의 조회를 받는 기운이 있었으니 풍속과 교화의 변화는 인도하는 술법이 어떠한지 돌아볼 따름이다"라고 논한 적이 있습니다. 공자께서는 인자에게는 반드시 용기가 있다고 하셨으니 아마 동방의 기풍이 역시 그렇게 만들기 때문입니다. 우리 신조께서 명을 받으시자 무로 어지러움을 그치게 하고 문

---

40 "本國近俗尙武 諸公知其說乎 本邦之俗 不侫嘗論之 譬諸歧周之地 文王用之 以興二南之化 秦皇用之 有朝八州之氣 …… 是仁者之勇 東方之風氣使然耳 我神祖奄有方內 聖聖相繼 百年于今 不啻勝殘去殺之日 不侫亦以謂在昔貴邦申文忠公論我 成宗問其所欲言 對曰 請勿與日本失和 眞是大臣憂國之言 諸公若如申文忠用心 實是兩國之大幸"(「江關筆談」, 『東槎日記』)

으로서 다스림을 일으키시어 열성조가 공업을 이었습니다. 지금까지 백년이 되어 문무가 충후해졌으니 잔학한 자를 제거하고 형법을 없애는 날만이 아닙니다. 귀국 문충공 신숙주가 임종을 맞아 성종 강정왕이 하고 싶은 말을 묻자 "청컨대 일본과 화평을 잃지 마십시오."라고 대답하였다고 들은 적이 있습니다. 신공이 우리 전대의 무력으로 싸우던 즈음에 하신 말씀이 이와 같았으니 하물며 지금이겠습니까? 공들께서 나라를 근심하시니 문충공처럼 마음을 쓴다면 실로 두 나라 백성들의 복일 것입니다.[41]

(가)는 『東槎日記』에 실린 하쿠세키의 대답이고 (나)는 일본 쪽 기록이다. 일본의 풍속이 무를 숭상하였으나 도쿠가와 막부 이래 문을 숭상하는 기풍으로 바뀌었다는 내용을 역사와 함께 기술하고 신숙주의 말을 인용한 것으로 끝을 맺는 동일한 전개를 보인다. 전문을 대조해 보면 (나)의 내용이 훨씬 자세하고 문장이 매끄럽게 이어진다. 이를 보면 (가)는 (나)의 내용을 편의상 축약했다는 것을 추측할 수 있다.

이 과정에서 초점이 약간 상이해졌다. (가)는 신숙주 인용이 상대적으로 길어서 양국의 화평을 유지하자는 내용에 무게가 실린다. (나)는 『坐間筆語』에 나왔던 임수간의 요청을 언급하는 데에서 보이듯, 전체

---

41 "刀劍之術 前日聞命 且今及此 蓋似公以我爲有尙武之俗者 本邦素尙武也 雖然如今所聞 乃是古之技擊 非我所尙也 虞書贊堯曰 乃聖乃神 乃武乃文 文武不可專尙也久矣 …… 愚嘗論之曰 譬諸歧周之地 文王用之 以興二南之化 秦皇用之 有朝八州之氣 風俗與化移易 顧導之之術何如耳 孔子曰 仁者必有勇 蓋東方之風氣 亦使然也 及吾神祖受命 武以遏亂 文以興治 列聖纘業 百年于今 文武忠厚 不啻勝殘去殺之日 嘗聞貴邦申文忠公叔舟臨卒 成宗康靖王 問其所欲言 對曰 請勿與日本失和 申公於我前代干戈之際 其言若此 況今 諸公憂國 如文忠用心 則實是兩國蒼生之福也"(「江關筆談」, 『新井白石全集』)

적으로 무를 숭상하는 일본에 대한 변호의 논조를 띠고 있다.

일본이 무를 숭상하는 풍속은 조선침략의 가능성으로 연결된다. 임수간이 지속적으로 일본 무예에 관심을 보인 것은 이런 가능성의 탐색이었던 것이다. 일본 쪽에 화평을 깰 의사가 분명하게 없다면 더 이상의 논의는 필요하지 않다. 조선쪽 기록이 짧아진 것은 하쿠세키의 이런 의사를 드러내는 것으로 충분했기 때문이다.

반면 하쿠세키는 무를 숭상하는 일본에 대한 경시로 받아들인다. 문치가 이루어지기까지 역사적 기술도 긴 데다 문무의 구비에 대한 근거를 『우서』와 『논어』 등 경전에서 찾는다. 또 신숙주의 인용은 우호의 표현이 아니라 문치를 이룬 상대국으로서 일본의 위상을 드러내려는 의도에 있다.

일본을 탐색하고 정보를 수집하는 사행단의 목적은 하나로 귀결된다. 일본이 다시 조선을 침략할 가능성이 있는지, 평화관계를 깰만한 변화가 있는지 살피는 것이다. "조선이 우리나라에 와서 인호(隣好)를 계속해 빙례를 닦는다고 하고 자기 나라에서는 왜정을 정탐한다고 한다."는 하쿠세키의 비판은 사실에 근거한 것이다. 그러나 "우리나라를 대적할 수 없음을 깨닫고 어떻게든 文事로 설욕하려고"[42] 한다는 것은 하쿠세키의 오해였다.

일본은 중국 중심의 체제를 벗어난 나라였다. "一變至華"는 현실적으로 중화 체제 내에 들어와야 가능한 것이었다. 그렇지 않다면 일본은 언제라도 표변해 침략해 올 수 있는 외부의 오랑캐였기 때문이다.

---

42 「朝鮮聘使後議」, 『新井白石全集』.

그러나 일단 침략의 우려가 사라지자 임수간은 "제가 항상 귀국을 무를 숭상하는 나라로 생각했습니다만 지금 와서 보니 문교가 매우 번성하니 진실로 축하할 만합니다."[43]라고 말한다. 하쿠세키가 일본을 문을 숭상하는 나라로 내세우는 것은 통신사 쪽에서도 환영할만한 일이었기 때문이다.

(2) 은유를 통한 의지의 표명과 수용 : 피휘문제를 둘러싼 예비전

앞서 말한 바와 같이 『江關筆談』에서 하쿠세키의 필담은 일본이 문명국임을 드러내는 데 치중해 있다. 의복의 제도에 관해서는 "본국의 문물은 삼대에서 나온 것이 적지 않습니다. 제가 쓴 것 같은 것이 바로 주변의 제도이니 역시 심의 제도 같은 것도 예경을 교감해 보면 한당의 유자들이 그 설들을 함부로 썼는지 알 것입니다."[44]라고 하였고, 관혼상제의 예가 중화의 제도를 따르는 지에 대한 조태억 일행의 의문에 "본국의 예 중 많은 것이 삼대의 제도와 똑같습니다."[45]라고 단언한다. 『坐間筆語』에서처럼 삼대의 문물, 즉 조선이나 중국에서 상고할 수 없는 문물을 보유하고 있다는 점에서 문국임을 과시하려는 태도가 지배적이다.

그러나 『朱文公家禮』를 적용하고 있냐는 질문에는 "근세의 상제에

---

43 "不佞常以爲貴邦一尙武之國 今來見之 則文教甚盛 誠可奉賀"(「江關筆談」, 『東槎日記』)

44 "本邦文物 出於三代之者不少 如僕所戴者 卽是周弁之制 亦如深衣制 校之禮經 則知漢唐諸儒 漫費其說也"(「江關筆談」, 『新井白石全集』)

45 "本邦禮 多如三代之制上同"(「江關筆談」, 『新井白石全集』)

서 유가들이 제법 『주문공가례』를 의거해 행하고 있습니다."[46]라고 하여 제한적으로 행해지고 있음을 인정하지 않을 수 없었다. 하쿠세키는 국휘(國諱)에 관한 질문에도 마찬가지의 대답을 한다.

> 조태억 : 귀국의 휘법은 어떻습니다. 두 자의 이름은 편휘를 하지 않는데 귀국의 국휘에 역시 편휘의 규율이 있습니까? 귀국 인사들이 지은 시문에 혹 휘하는 글자를 쓴 것이 있던데 이는 무슨 까닭입니까?
> 하쿠세키 : 본국은 상세부터 스스로 문자가 있었으니 귀국의 언문에 비유할 수 있습니다. 다만 예서나 해서의 글자를 빌려서 뜻을 통할 뿐입니다. 그렇기 때문에 문자 사이에 뜻을 취하는 것은 그 요체가 말에 있는 것이지 문자에 있지 않습니다. 휘법 같은 경우에도 반드시 문자에 달려있는 것이 아닙니다. 그렇더라도 근세에 대저 편휘하는 법이 있습니다.
> 조태억 : 국서의 회답 문자를 이전 사신 중 혹 정서하기에 못 미처 보았던 적이 있었습니다. 내일쯤 볼 수 있겠습니까?
> 하쿠세키 : 제가 그 직임이 아니라 모르겠습니다.[47]

그런데 위 인용문에 보이듯 편휘의 문제는 갑작스러운 느낌이 있다. "二名不偏諱", 즉 두 글자 이름의 경우 한 글자만을 휘하지는 않는

---

46 "近世喪祭 儒家頗依朱子家禮而行之"(「江關筆談」, 『新井白石全集』)
47 "平泉曰 貴國諱之之法如何 二名不偏諱 而貴國國諱 亦有偏諱之規耶 貴邦人士所作 詩文 或有犯用所諱之字 此何故耶 白石曰 本邦上世自有文字 譬諸貴邦諺文 第假隷 楷等字 以通義而已 是故凡文字間取義 其要在言辭而不在文字 如諱之之法 亦必不 在文字 雖然近世大抵有偏諱之法 平泉曰 國書回答文字 曾前使臣 或於未及正書之 前得見矣 明間可以得見否 白石曰 僕非其職 不知"(「江關筆談」, 『東槎日記』)

다는 원칙은 『예기』에 명시되어 있는 곡례로, 이미 공자부터 행해오던 것이다. 예법이 행해지고 있는가에 대한 질문이라면 국휘(國諱), 즉 왕의 이름을 휘하는 법이 있는지 물어야 했을 것이다. 그런데 조태억은 구체적으로 편휘의 규율이 있는지 물은 것이다.

이렇게 구체적으로 질문했다는 것은 11일 문제가 불거지기 전에 이미 기미를 감지하고 있었음을 의미한다.[48] 편휘라는 구체적인 항목의 질문은 휘법에 대해 일본 쪽에서 잘못 이해하고 있을 조짐을 읽어냈기 때문인 것 같다. 일본 쪽에서 국서에 문자를 잘못 사용한 전례는 이미 여러 번 있었기 때문에 조태억 쪽에서도 대수롭지 않게 국서의 초고를 검토해보겠다는 의견을 내었던 것이다. 일본은 문자를 모른다던 1655년 남용익의 생각에서 별로 달라지지 않은 태도이다.

물론 일본에 휘법이 있었던 것은 아니다. 오히려 장군이나 다이묘가 공을 세운 가신에게 편휘, 즉 자기 이름의 한 글자를 내려 새 이름을 지어주는 풍습이 성행했다. 바로 전대 장군인 쓰나요시[綱吉]조차 신하에게 吉자를 하사한 경우가 여러 번 있었다. 조태억이 예를 든 대로 『白石詩草』에서조차 휘를 범한 것이 발견되었다. 家康, 秀忠, 綱吉 등 역대 장군 이름에 쓰인 글자는 한 글자씩 떼어놓는다면 범하지 않기가 어려울 정도로 많이 사용되는 글자이기 때문이다. 또한 당시 막부의 문서가 모두 하쿠세키를 통해 나와 大學頭의 지위까지 위협할 정도였다.

그러므로 근래 편휘의 법이 있다는 말이나 국서는 자기 일이 아니라

---

48 하쿠세키가 필담 전 쓰시마 도주가 묻는 것처럼 하여 통신사에게 국휘를 물었다고 한다.(정응수, 앞의 논문, 648쪽)

모른다는 대답은 당연히 거짓말이다. 일본의 회답서를 검토하려는 통신사의 태도에 모욕감을 느낀 것인지, 휘법에 대해 말이 궁해서인지 더 이상 논의를 진전시키지 않는다. 외교적으로 취약점이 될 수 있는 부분은 덮어둔 것이다. 그러나 앞으로 논란의 불씨는 남겨진 상태였다.

후반부 서로의 호를 소재로 농담을 주고받는 부분은 임수간의 『東槎日記』에만 남아있는데, 하쿠세키의 필력과 박학다식이 가장 잘 드러나는 곳이었다. 이전 사신들이 하야시 라잔 등과 나눈 정중한 필담과 비교하면 사용한 전고나 완곡한 표현은 질에서나 양에서나 상당한 수준 차이가 난다. 임수간의 서문에 "서로 필담을 하며 양국 교린의 뜻을 말하면서 간혹 농담을 하여 하루 수백 장이었다. 비록 빠르게 쓴 것이나 왕왕 전할만 것이 있다."[49]라고 하였다. "諧笑"가 섞여 들어가 있더라도 조선쪽에서는 뭔가 의미를 가지고 있다고 판단했기 때문이다.

> 하쿠세키 : 옛날 이공이 평천의 나무, 돌, 꽃을 소유하고 매우 사랑했다더니 제가 오늘 조공을 위해 동산의 돌 하나가 되어도 되겠습니까?
> 조태억 : 여왜가 하늘을 깁고 남은 것이니 어찌 감히 동산에 두고 개인적으로 완상하겠습니까? 비록 그렇더라도 제게는 본래 미원장의 버릇이 있으니 이 같은 돌을 어찌 사랑하지 않겠습니까?
> 하쿠세키 : 미씨의 궤안에는 신령하고 기이한 돌들이 있으나 저는 동해에 있는 하나의 갈석이라 두 나라 백세의 미친 물결을 막을

---

49 "相與筆談 道兩國交驩之意 間以諧笑 一日凡數十百紙 雖矢筆而書之 往往有可傳者"(「江關筆談」, 『東槎日記』)

수 있을 뿐입니다.

이방언 : 동해 위에서 진시황의 채찍에 피를 흘리는 곤액을 면할 수
있겠습니까?

하쿠세키 : 진시황의 채찍을 받으면 피가 동해의 물처럼 흐를 뿐입
니다.

조태억 : 진시황의 채찍은 비록 면하더라도 정위가 물고 오는 것은
역시 두려울 만합니다.

하쿠세키 : 남산의 수만 개 나무와 돌을 다하더라도 어찌 제 한 개
돌에 미치겠습니까?

이방언 : 제게 본래 천석고황이 있었으니 오늘 놀이가 약이라 할 만
합니다.

하쿠세키 : 공이 금일 저를 만나 오랜 병이 낫기 전에 또 새로운 병
을 얻을까 두렵습니다.

조태억 : 맛있는 독이 아픈 돌침만 못하다는 말이 바로 이것을 이르
는 것이군요.

하쿠세키 : 공들의 천석고황의 병은 제 돌침을 한 번 맞으면 안개가
걷히고 구름이 흩어지듯 사라질 것입니다.

조태억 : 공의 문장 짓는 재능은 샘에서 솟아나는 듯하다고 할 만
합니다.[50]

---

50 "白石曰 昔者李公有平泉之木石花極其愛 僅今日爲趙公園中一石可乎 平泉曰 女媧
補天之餘 豈敢作園中私玩耶 雖然僕本有米元章之癖 如此石安得不愛 白石曰 米氏
几案 靈璧奇石 僕是東海一碣石 可以障兩國百世之狂瀾耳 南崗曰 在東海之上 得免
秦皇鞭血之厄耶 白石曰 若得秦皇一鞭 則血流如東海水耳 平泉曰 秦皇之鞭 雖則免
矣 精衛之銜 亦可畏也 白石曰 盡南山萬木石 何及我一塊石 南崗曰 僕本有泉石膏肓
今日之游 可謂藥矣 白石曰 公今日遇不佞 舊疾未瘳 又得一新病可畏 平泉曰 美疢不
如惡石 正謂此也 白石曰 公等膏肓之疾 得僕一砭 則當霧消雲散 平泉曰 公之藻思
可謂泉湧"(「江關筆談」,『東槎日記』)

위는 두 사람의 호를 가지고 전고를 사용해 조태억을 비롯한 세 사신과 하쿠세키가 주고받은 필담의 일부이다. 하쿠세키는 조태억의 호인 평천이 당나라 이덕유(李德裕, 787~849)의 별장 이름과 같은 데서 착안하여 우호의 말을 건넨다. 이에 조태억은 하쿠세키의 호 백석과 관련해 여와(女媧) 설화와 기석을 좋아했던 미불(米芾, 1051~1107)의 전고를 인용하여 하쿠세키를 추켜올리는 칭찬의 말을 한다. 그러자 하쿠세키는 자신을 동해의 갈석에 비유, 좀 더 직접적인 의사를 드러낸다. 두 나라의 광란(狂瀾)을 막겠다는 말은 조선과 일본의 평화로운 관계를 유지시키기 위해 힘쓰겠다는 뜻이다.

이에 대해 이방언과 조태억은 진시황의 편석 고사와 동해를 돌로 메우려 했던 정위의 고사를 인용하여 그의 생각을 다시 확인한다. 과연 고난이 닥쳐와도 해낼 수 있겠냐는 반문이다. 그러자 하쿠세키는 "南山萬木石"도 감당할 수 있는 자신감을 보인다. 이는 통신사 일행의 궁극적 우려에 대한 긍정적인 일본쪽의 답이었던 것이다.

하쿠세키는 "兩國百世之狂瀾"을 막겠다고 하였고, 스스로 병을 낫게 할 수 있는 "一砭"으로 자처하였다. 전고를 사용하여 은유적으로 드러내고 있지만, 대등의 원리를 적용한 빙례개정과 이를 둘러싼 갈등을 헤쳐 나갈 굳은 의지와 자신감을 드러낸 것이다.

이날 필담에는 세 사신 외에 제술관과 서기도 참여하였다. 하쿠세키 혼자 대여섯 명의 조선인을 상대로 막힘없이 필담을 나누면서도 화려한 전고를 사용한 수준 높은 문장을 보여주었다. 조태억이 "湧泉"이라고 평가한 것은 과장이 아니었던 것이다.

11일 이후 피휘 문제가 불거졌을 때 조태억 일행의 입장은 어떠했을까?

　　저들이 처음 국서를 받고 답서를 작성할 때까지 열흘이 지나도록 피휘(避諱)에 대해 일언반구 한 적이 없었습니다. 저희들이 답서 고치기를 청한 후 갑자기 우리 국서의 '광소(光紹)'라는 구절을 가지고 말을 삼았는데, 국서를 받았던 당초에 휘를 범한 줄 알고 있었지만 우리가 글을 쓰는 데 휘를 하지 않은[臨文不諱] 것으로 여겨 받아들였던 것처럼 하였습니다. 그러나 "우리나라가 전에는 휘를 하지 않았지만 최근 휘하기 시작했다"라고 하고 또 "귀국은 휘를 하면서 우리나라는 휘를 하지 않는 것이 되는가?"라고도 하였습니다. 비록 언사에 조리가 없고 태도가 가소롭습니다만 우리 도리에 있어 "우리나라는 마땅히 휘를 하여야 하지만 너희나라는 휘를 해서는 안 된다"라고 어찌 말할 수 있겠습니까?[51]

　하쿠세키가 내세운 것은 조선과 일본 양국에 같은 규칙이 적용되어야 한다는 대등의 원칙이었다. 그런데 일본이 내세우는 휘법은 『禮記』에도 나오지 않는 것이다. 원칙적으로 보자면 조선쪽에서 결코 납득할 수 없는 이유인 것이다. 그런데도 조태억은 하쿠세키의 논리를 쉽게 받아들였다.

　이리저리 말을 바꾸는 아라이 하쿠세키의 태도를 가소롭다고까지 표현하고 있으나 이런 식의 논리전개는 이미 두 차례의 필담으로 익숙해진 상태였다. 그런데 그 속에서 은유적 표현이기는 했으나 조태억은 이미 하쿠세키의 정치적 의지를 읽어냈다. 경전과 역사의 지식

---

51 "彼初受國書 以至修復 恰過一旬 曾未有一言半辭 及於其所諱 及臣等請改復書之後 猝以光紹爲言 有若受書之初 已知其犯諱 而以我爲臨文不諱而恕之者 然以爲我國曾前雖不諱 近始諱之 又以爲欲諱貴國之諱 而不諱我國之諱 可乎 雖其辭語無倫 擧措可笑 在我之道 何可曰我國當諱 而爾則不當諱也"(『肅宗實錄』 1712년 2월 24일)

을 갖추고 조선 사신단과 대등하게 필담을 전개했던 하쿠세키와의 접촉을 통해 조태억 일행은 그가 주장이 받아들여지기까지 결코 물러서지 않으리라는 점을 파악하고 있었던 것이다. 하쿠세키는 훗날 피휘 문제에 대해 "관련된 일이 몹시 큰 문제"[52]이기 때문에 "죽기를 맹세하고 처음 회답서를 고치지 않으려고 했다"고 피력한 것을 보면 조태억의 판단은 정확한 것이었다.

4. 맺음말

통신사행 내내 조선은 언제나 전례를 답습하는 수구적인 태도를 견지했다. 1711년 신묘통신사는 조선, 일본 양국 입장에서 모두 전례를 깬 예외적인 경우였다. 이렇게 된 배경에는 일본을 문치의 국가로 새로이 세우려는 아라이 하쿠세키의 정치적 이상이 있었다. 그 와중에 신묘통신사가 문치를 실현하는 하나의 도구로 이용되었던 것이다.

통신사 접대 과정에서 하쿠세키의 의도가 완벽하게 실현되었던 것은 아니다. 접대가 실제로 진행되면서 양국의 외교담당자 사이에는 끊임없는 소통의 교차와 굴절이 일어났던 것이다. 상대국에 대한 인식과 기대가 다른 데서 기인한다.

11월 3일 새로운 빙례 의식인 사향을 베풀 때의 필담이 『坐間筆語』에 기록되어 있다. 하쿠세키는 아악을 보여줌으로써 일본에 문명국이

52 「折りたく柴の記」, 『新井白石全集』.

라는 인상을 씌우기 위해 노력하였다. 그러나 조태억 일행은 연악 자체보다는 일본에 남아 있을지 모르는 중국 고대 문물에 더 흥미를 갖는다. 이를 실마리로 하쿠세키는 고대 중화의 문명과 접촉했던 일본의 역사를 강조함으로써 문국으로 변화하려는 의지를 보이는 데는 성공하였다.

11월 5일 사적인 분위기에서 진행된 필담이 『江關筆談』에 실려 있다. 『강관필담』은 임수간의 『東槎日記』와 하쿠세키의 『新井白石全集』양쪽에 모두 실려 있는데, 전체적인 필담의 흐름은 일치하나 구체적인 필담 내용은 양쪽 입장에 따라 변개되어 있다.

『坐間筆語』의 공동 관심사를 기반으로 하쿠세키는 문치를 이루어낸 변화된 일본을 과시하는 방향으로 전개시켜간다. 반면 조태억 일행은 일본의 정세를 탐색하려는 자세를 적극적으로 유지하였고 그 궁극적 목적은 일본의 재침략 가능성을 타진하는 것이었다. 일본 무예에 대한 관심은 이에 대한 우회적 표현이었다. 그러나 하쿠세키에게는 일본을 여전히 "尙武"의 나라로 취급하는 것으로 받아들여졌다. 양쪽 입장에 따라 같은 내용의 필담은 굴절되어 받아들여졌던 것이다.

그와 동시에 조태억 일행은 피휘문제의 조짐과 하쿠세키의 대처 자세에 대해 미리 파악해냈다. 이는 하쿠세키의 문치 과시가 없는 농담과 해학의 자리에서였다. 조선의 문사에게는 은유를 통한 완곡한 표현이 매우 익숙한 것이었고 대등한 문사를 갖춘 하쿠세키에 대한 파악도 빨랐던 것이다. 이러한 선행 경험은 이후 피휘문제에 대해 일본쪽 의견을 수용하는 방향으로 나아가게 만들었던 것이다.

8대 장군 요시무네[德川吉宗, 1684~1751]가 취임하면서 하쿠세키는 실각하였고, 1719년 기해통신사는 구례가 모두 회복되었다. 다만 편휘의 적용만이 남아 역대 장군의 이름자를 서계에 쓰지 않게 되었을 뿐이다.[53] 그러나 일본을 문명국으로 부각시키려던 하쿠세키의 노력은 어느 정도 성공을 거두었다.

임수간은 "히데요시가 이미 죽자 왜인이 지극한 경계로 삼아 뿌리 박힌 독한 풍속이 점점 변해 지금은 히데요시를 풍적(豊敵)이라 부른다. 전쟁을 멈추고 점점 문교를 숭상하여 여항에는 열심히 배우는 선비가 매우 많다. 이 역시 운수가 그렇게 만든 것인가?"[54]라고 하였다. 예악을 숭상함을 강조했던 하쿠세키의 의도를 조태억 일행은 제대로 파악하고 있었으며, 점점 문치로 돌아설 것이라는 기대를 내보였던 것이다.

조선과 일본은 각자의 입장에 의해 상호소통의 굴절을 겪었다. 그러나 궁극적으로는 여러 차례의 탐색을 통해 정확한 이해에 접근하였다. 조선에서 '華制'를 따르려했던 아라이 하쿠세키의 노력을 인정하거나 하쿠세키가 조선의 정탐 태도에 눈치를 챘던 것과 같은 것이 그 실례라 할 것이다.

구지현 | 선문대학교 인문과학연구소

---

53 「國書式」, 『增正交隣志』 5권.
54 "秀吉旣亡 倭人以爲至戒 其根毒之俗稍變 至今罵秀吉爲豊賊 偃其兵事 漸尙文敎 其 閭巷之間 苦學之士甚多 此亦氣數之使然耶"(「海外記聞」, 『東槎日記』)

조선후기 통신사 필담창화집
번역총서를 간행하면서

20세기 초까지 한자(漢字)는 동아시아 사회의 공동문자였다. 국경의 벽이 높아서 사신 외에는 국제적인 교류가 불가능했지만, 문자를 통한 교류는 활발했다. 중국에서 간행된 한문 전적이 이천년 동안 계속 한국과 일본을 비롯한 주변 나라에 전파되었으며, 사신의 수행원들은 상대방 나라의 말을 못해도 상대방 문인들에게 한시(漢詩)를 창화(唱和)하여 감정을 전달하거나 필담(筆談)을 하며 의사를 소통했다.

동아시아 삼국이 얽혀 싸웠던 임진왜란이 7년 만에 끝난 뒤, 조선에 군대를 파견하였던 중국과 일본은 각기 왕조와 정권이 바뀌었다. 중국에는 이민족인 청나라가 건국되고 일본에는 도쿠가와 막부가 세워졌다. 조선과 일본은 강화회담이 결실을 맺어 포로도 쇄환하고 장군이 계승할 때마다 통신사를 파견하여 외교를 회복했지만, 청나라와에도 막부는 끝내 외교를 회복하지 못하고 단절상태가 계속되었다. 일본은 조선을 통해서 대륙문화를 받아들일 수밖에 없었고, 그 방법 중 하나가 바로 통신사를 초청할 때 시인, 화가, 의원 등의 각 분야 전문가를 초청하는 것이었다.

오백 명 규모의 문화사절단 통신사

연암 박지원은 천재시인 이언진(李彦瑱, 1740~1766)이 11차 통신사 수
행원으로 일본에 다녀온 지 2년 만에 세상을 뜨자, 이를 애석히 여겨
「우상전」을 지었다. 그 첫머리에 일본이 조선에 다양한 전문가들로
구성된 문화사절단을 파견해 달라고 요청한 사연이 실려 있다.

　일본의 관백(關白)이 새로 정권을 잡자, 그는 저축을 늘리고 건물을
수리했으며, 선박을 손질하고 속국의 각 섬들에서 기재(奇才)・검객(劍
客)・궤기(詭技)・음교(淫巧)・서화(書畵)・여러 분야의 인물들을 샅샅이
긁어내어, 서울로 모아들여 훈련시키고 계획을 갖추었다. 그런 지 몇 달
뒤에야 우리나라에 사신을 파견해 달라고 요청하였는데, 마치 상국(上
國)의 조명(詔命)을 기다리는 것처럼 공손하였다.
　그러자 우리 조정에서는 문신 가운데 3품 이하를 골라 뽑아서 삼사
(三使)를 갖추어 보냈다. 이들을 수행하는 사람들도 모두 말 잘하고 많
이 아는 자들이었다. 천문・지리・산수・점술・의술・관상・무력으로부
터 통소 잘 부는 사람, 술 잘 마시는 사람, 장기나 바둑 잘 두는 사람,
말을 잘 타거나 활을 잘 쏘는 사람에 이르기까지, 한 가지 기술로 나라
안에서 이름난 사람들은 모두 함께 따라가게 되었다. 그런데 이들 가운
데서도 문장과 서화를 가장 중요하게 여기지 않을 수가 없었다. 왜냐하
면 그들은 조선 사람의 작품 가운데 한 글자만 얻어도 양식을 싸지 않고
천리 길을 갈 수 있기 때문이었다.

　도쿠가와 이에하루(德川家治)가 쇼군을 계승하자 일본 각 분야의 대
표적인 인물들을 에도로 불러들여 조선 사절단 맞을 준비를 시킨 뒤,
"마치 상국의 조서를 기다리는 것처럼 공손하게" 조선에 통신사를 요

청하였다. 중국과 공식적인 외교가 단절되었으므로, 대륙문화를 받아들이기 위해 조선을 상국같이 모신 것이다. 사무라이 국가 일본에는 과거제도가 없기 때문에 한문학을 직업삼아 평생 파고든 지식인들이 적어서, 일본인들은 조선 문인의 문장과 서화를 보물같이 여겼다.

조선에서도 국위를 선양하기 위해 여러 분야의 문화 전문가들을 선발하여 파견했는데,『계림창화집(鷄林唱和集)』이 출판된 8차 통신사 (1711년) 때에는 500명을 파견했다. 당시 쓰시마에서 에도까지 왕복하는 동안 일본인들이 숙소마다 찾아와 필담을 나누거나 한시를 주고받았는데, 필담집이나 창화집은 곧바로 출판되어 널리 읽혔다. 필담 창화에 참여한 일본 지식인은 대륙의 새로운 지식을 얻었을 뿐만 아니라, 일본 사회에서 전문가로서의 위상도 획득하였다.

8차 통신사 때에 출판된 필담 창화집은 현재 9종이 확인되었으며, 필담 창화에 참여한 일본 문인은 250여 명이나 된다. 이는 7차까지 출판된 필담 창화집을 모두 합한 것보다 훨씬 많은 수인데, 통신사 파견이 100년 가까이 되자 일본에서도 한문학 지식인 계층이 두터워졌음을 알 수 있다. 8차 통신사에 참여한 일행 가운데 2명은 기행문을 남겼는데, 부사 임수간(任守幹)이 기록한『동사록(東槎錄)』이나 역관 김현문(金顯門)이 기록한 또 하나의『동사록』이 조선에 돌아와 남에게 보여주기 위해 일방적으로 쓴 글이라면, 필담 창화집은 일본에서 조선과 일본의 지식인들이 마주앉아 함께 기록한 글이다. 그러기에 타인의 눈을 통해 자신의 모습을 객관적으로 볼 수 있다.

16권 16책의 방대한 분량으로 다양한 주제를 정리한 『계림창화집』

에도막부 초기의 일본 지식인은 주로 승려였기에, 당연히 승려들이 통신사를 접대하고, 필담에 참여하였다. 그 다음으로 유자(儒者)들이 있었는데, 로널드 토비는 이들을 조선의 유학자와 비교해 "일본의 유학자는 국가에 이용가치를 인정받은 일종의 전문 지식인에 지나지 않았다"고 규정하였다. 그 가운데 상당수는 의원이었으므로 흔히 유의 (儒醫)라고 하는데, 한문으로 된 의서를 읽다보니 유학에도 관심을 가지게 된 것이다. 이노 작스이(稲生若水)가 물고기 한 마리를 가지고 제술관 이현과 서기 홍순연 일행을 찾아가서 필담을 나눈 기록이 『계림창화집』 권5에 실려 있다.

> 이　현 : 이 물고기는 우리나라의 송어입니다. 조령의 동남 지방에 많이 있어, 아주 귀하지는 않습니다.
> 홍순연 : 이 물고기는 우리나라의 농어와 매우 닮았습니다. 귀국에도 농어가 있는지 모르겠지만, 이것과 같지 않습니까? 농어가 아니라면 내가 아는 물고기가 아닙니다.
> 남성중 : 이 물고기는 우리나라 송어입니다. 연어와 성질이 같으나 몸집이 작으며, 우리나라 동해에서 납니다. 7~8월 사이에 바다에서 떼를 지어 강으로 올라가는데, 몸이 바위에 갈려 비늘이 다 떨어져 나가 죽기까지 하니 그 성질을 모르겠습니다.

그는 일본산 물고기의 습성을 자세히 설명하고 조선에도 있는지 물었지만, 조선 문인들은 이 방면의 전문가들이 아니어서 이름 정도나 추정했을 뿐이다. 홍순연은 농어라고 엉뚱하게 대답하기까지 하였다. 조선 문인이라면 모든 것을 알 수 있을 것이라고 기대했기에 생긴 결과인데, 아직 의학필담으로 분화되기 이전의 형태다. 이 필담 말미에 이노 작스이는 이런 기록을 덧붙여 마무리했다.

> 『동의보감』을 살펴보니 "송어는 성질이 태평하고 맛이 달며 독이 없다. 맛이 진기하고 살지다. 색은 붉으면서 선명하다. 소나무 마디 같아서 이름이 송어이다. 동북쪽 바다에서 난다"고 하였다. 지금 남성중의 대답에 『동의보감』의 설명을 참고하니, '鮏'은 송어와 같은 것이다. 그러나 '송어'라는 이름은 조선의 방언이지, 중화에서 부르는 이름이 아니다. 『팔민통지(八閩通志)』(줄임)『해징현지(海澄縣志)』 등의 책에 모두 송어가 실려 있으나, 모습이 이것과 매우 다르다. 다른 종류인데, 이름이 같을 뿐이다.

기록에서 보듯, 이노 작스이는 다수의 의견에 따라 이 물고기를 '송어'라고 추정한 후, 비교적 자세한 남성중의 대답과 『동의보감』의 기록을 비교하여 '송어'로 결론 내렸다. 그런 뒤에 조선의 '송어'가 중국의 송어와 같은 것인지 확인하기 위해 중국의 여러 지방지를 조사한 후, '송어'는 정확한 명칭이 아니라 그저 조선의 방언인 것으로 결론지었다. 양의(良醫) 기두문(奇斗文)에게는 약초를 가지고 가서 필담을 시도하였다.

> 稻生若水 : 이 나뭇잎은 세 개의 뾰족한 끝이 있고 겨울에 시들지 않으며, 봄에 가느다란 꽃이 핍니다. 열매의 크기는 대두만하고, 모여서 둥글게 공처럼 되며, 생길 때는 파랗고, 익으면 자흑색이 됩니다. 나무

에 진액이 있어 엉기면 향이 나고, 색이 붉습니다. 이름은 선인장 나무
입니다. (줄임)

　기두문 : 이것이 진짜 백부자(白附子)입니다.

　제술관이나 서기들이 경험에 의존해 대답한 것과 달리, 기두문은
의원이었으므로 자신의 지식을 바탕으로 확실하게 대답하였다. 구지
현박사의 연구에 의하면 이노 작스이는 『서물류찬(庶物類纂)』이라는
박물지를 편찬하기 위해 방대한 자료를 수집・고증하고 있었는데, 문
화 선진국 조선의 문인에게 서문을 부탁하여, 제술관 이현이 써 주었
다. 1,054권이나 되는 일본 최대의 백과사전에 조선 문인이 서문을 써
주어 권위를 얻게 된 것이다.

출판사 주인이 상업적인 출판을 위해 직접 필담에 참여하다

　초기의 필담 창화집은 일본의 시인, 유학자, 의원 등 전문 지식인이
번주(藩主)의 명령이나 자신의 정보욕, 명예욕에 따라 필담에 나선 결
과물이지만,『계림창화집』16권 16책은 출판사 주인이 직접 전국 각
지역에서 발생한 필담 창화 원고들을 수집하여 출판한 것이다. 따라
서 필담 창화 인원도 수십 명에 이르며, 많은 자본을 들여서 출판하였
다. 막부(幕府)의 어용 서적을 공급하던 게이분칸(奎文館) 주인 세오겐
베이(瀬尾源兵衛, 1691~1728)가 21세 청년의 몸으로 교토지역 필담에 참
여해『계림창화집』권6을 편집하고, 다른 지역의 필담 창화 원고까지
모두 수집해 16권 16책을 출판했을 뿐 아니라, 여기에 빠진 원고들까

지 수집해『칠가창화집(七家唱和集)』10권 10책을 출판하였다.

『칠가창화집』은『계림창화속집』이라고도 불렸는데, 7차 사행 때의 최대 필담 창화집인『화한창수집(和韓唱酬集)』4권 7책의 갑절 규모에 해당한다. 규모가 이러하니 자본 또한 막대하게 소요되어, 고쇼모노도 코로(御書物所)인 이즈모지 이즈미노조(出雲寺 和泉掾) 쇼하쿠도(松栢堂) 와 공동 투자하여 출판하였다. 게이분칸(奎文館)에서는 9차 사행 때에 도『상한창화훈지집(桑韓唱和塤篪集)』11권 11책을 출판하여, 세오겐베 이(瀬尾源兵衛)는 29세에 이미 대표적인 출판업자로 자리매김하게 되었다. 그러나 안타깝게도 38세에 세상을 떠나, 더 이상의 거질 필담 창화집은 간행되지 못했다.

필담창화집 178책을 수집하여 원문을 입력하고 번역한 결과물

나는 조선시대 한문학 연구가 조선 국경 안의 한문학만이 아니라 국경 너머를 오가며 외국인들과 주고받은 한자 기록물까지 연구해야 한다는 생각으로, 첫 번째 박사논문을 지도하면서 '통신사 필담창화 집'을 과제로 주었다. 구지현 선생은 1763년에 파견된 11차 통신사 구성원들이 기록한 사행록 9종과 필담창화집 30종을 수집하여 분석했는데, 박사학위를 받은 뒤에도 필담창화집을 계속 수집하여 2008년 한국학술진흥재단의 토대연구에『조선후기 통신사 필담창수집의 수집, 번역 및 데이터베이스 구축』이라는 과제를 신청하였다. 이 과제를 진행하면서 우리 팀에서 수집한 필담창화집 178책의 목록과, 우리가 예상

한 작업진도 및 번역 분량은 다음과 같다.

1) 1차년도(2008. 7.~2009. 6.) : 1607년(1차 사행)에서 1711년(8차 사행)까지

연번	필담창화집 책 제목	면 수	1면 당 행수	1행 당 글자 수	예상되는 원문 글자 수
001	朝鮮筆談集	44	8	15	5,280
002	朝鮮三官使酬和	24	23	9	4,968
003	和韓唱酬集首	74	10	14	10,360
004	和韓唱酬集一	152	10	14	21,280
005	和韓唱酬集二	130	10	14	18,200
006	和韓唱酬集三	90	10	14	12,600
007	和韓唱酬集四	53	10	14	7,420
008	和韓唱酬集(결본)				
009	韓使手口錄	94	10	21	19,740
010	朝鮮人筆談幷贈答詩(國圖本)	24	10	19	4,560
011	朝鮮人筆談幷贈答詩(東京都立本)	78	10	18	14,040
012	任處士筆語	55	10	19	10,450
013	水戶公朝鮮人贈答集	65	9	20	11,700
014	西山遺事附朝鮮使書簡	48	9	16	6,912
015	木下順菴稿	59	7	10	4,130
016	鷄林唱和集1	96	9	18	15,552
017	鷄林唱和集2	102	9	18	16,524
018	鷄林唱和集3	128	9	18	20,736
019	鷄林唱和集4	122	9	18	19,764
020	鷄林唱和集5	110	9	18	17,820
021	鷄林唱和集6	115	9	18	18,630
022	鷄林唱和集7	104	9	18	16,848
023	鷄林唱和集8	129	9	18	20,898
024	觀樂筆談	49	9	16	7,056
025	廣陵問槎錄上	72	7	20	10,080
026	廣陵問槎錄下	64	7	19	8,512
027	問槎二種上	84	7	19	11,172

028	問槎二種中	50	7	19	6,650
029	問槎二種下	73	7	19	9,709
030	尾陽倡和錄	50	8	14	5,600
031	槎客通筒集	140	10	17	23,800
032	桑韓醫談	88	9	18	14,256
033	辛卯唱酬詩	26	7	11	2,002
034	辛卯韓客贈答	118	8	16	15,104
035	辛卯和韓唱酬	70	10	20	14,000
036	兩東唱和錄上	56	10	20	11,200
037	兩東唱和錄下	60	10	20	12,000
038	兩東唱和後錄	42	10	20	8,400
039	正德韓槎諭禮	16	10	18	2,880
040	朝鮮客館詩文稿(내용 중복)	0	0	0	0
041	坐間筆語附江關筆談	44	10	20	8,800
042	七家唱和集－班荊集	74	9	18	11,988
043	七家唱和集－正德和韓集	89	9	18	14,418
044	七家唱和集－支機閒談	74	9	18	11,988
045	七家唱和集－朝鮮客館詩文稿	48	9	18	7,776
046	七家唱和集－桑韓唱酬集	20	9	18	3,240
047	七家唱和集－桑韓唱和集	54	9	18	8,748
048	七家唱和集－賓館縞紵集	83	9	18	13,446
049	韓客贈答別集	222	9	19	37,962
예상 총 글자수					589,839
1차년도 예상 번역 매수 (200자원고지)					약 8,900매

2) 2차년도(2009. 7.~2010. 6.) : 1719년(9차 사행)에서 1748년(10차 사행)까지

연번	필담창화집 책 제목	면수	1면 당 행수	1행 당 글자 수	예상되는 원문 글자 수
050	客館璀璨集	50	9	18	8,100
051	蓬島遺珠	54	9	18	8,748
052	三林韓客唱和集	140	9	19	23,940
053	桑韓星槎餘響	47	9	18	7,614

054	桑韓星槎答響	106	9	18	17,172
055	桑韓唱酬集1권	43	9	20	7,740
056	桑韓唱酬集2권	38	9	20	6,840
057	桑韓唱酬集3권	46	9	20	8,280
058	桑韓唱和塤箎集1권	42	10	20	8,400
059	桑韓唱和塤箎集2권	62	10	20	12,400
060	桑韓唱和塤箎集3권	49	10	20	9,800
061	桑韓唱和塤箎集4권	42	10	20	8,400
062	桑韓唱和塤箎集5권	52	10	20	10,400
063	桑韓唱和塤箎集6권	83	10	20	16,600
064	桑韓唱和塤箎集7권	66	10	20	13,200
065	桑韓唱和塤箎集8권	52	10	20	10,400
066	桑韓唱和塤箎集9권	63	10	20	12,600
067	桑韓唱和塤箎集10권	56	10	20	11,200
068	桑韓唱和塤箎集11권	35	10	20	7,000
069	信陽山人韓館倡和稿	40	9	19	6,840
070	兩關唱和集1권	44	9	20	7,920
071	兩關唱和集2권	56	9	20	10,080
072	朝鮮人對詩集1권	160	8	19	24,320
073	朝鮮人對詩集2권	186	8	19	28,272
074	韓客唱和/浪華唱和合章	86	6	12	6,192
075	和韓唱和	100	9	20	18,000
076	來庭集	77	10	20	15,400
077	對麗筆語	34	10	20	6,800
078	鳴海驛唱和	96	7	18	12,096
079	蓬左賓館集	14	10	18	2,520
080	蓬左賓館唱和	10	10	18	1,800
081	桑韓醫問答	84	9	17	12,852
082	桑韓鏘鏗錄1권	40	10	20	8,000
083	桑韓鏘鏗錄2권	43	10	20	8,600
084	桑韓鏘鏗錄3권	36	10	20	7,200
085	桑韓萍梗錄	30	8	17	4,080
086	善隣風雅1권	80	10	20	16,000
087	善隣風雅2권	74	10	20	14,800
088	善隣風雅後篇1권	80	9	20	14,400

089	善隣風雅後篇2권	74	9	20	13,320
090	星軺餘轟	42	9	16	6,048
091	兩東筆語1권	70	9	20	12,600
092	兩東筆語2권	51	9	20	9,180
093	兩東筆語3권	49	9	20	8,820
094	延享五年韓人唱和集1권	10	10	18	1,800
095	延享五年韓人唱和集2권	10	10	18	1,800
096	延享五年韓人唱和集3권	22	10	18	3,960
097	延享韓使唱和	46	8	14	5,152
098	牛窓錄	22	10	21	4,620
099	林家韓館贈答1권	38	10	20	7,600
100	林家韓館贈答2권	32	10	20	6,400
101	長門戊辰問槎상권	50	10	20	10,000
102	長門戊辰問槎중권	51	10	20	10,200
103	長門戊辰問槎하권	20	10	20	4,000
104	丁卯酬和集	50	20	30	30,000
105	朝鮮筆談(元丈)	127	10	18	22,860
106	朝鮮筆談1권(河村春恒)	44	12	20	10,560
107	朝鮮筆談1권(河村春恒)	49	12	20	11,760
108	韓客對話贈答	44	10	16	7,040
109	韓客筆譚	91	8	18	13,104
110	韓人唱和詩	16	14	21	4,704
111	韓人唱和詩集1권	14	7	18	1,764
112	韓人唱和詩集1권	12	7	18	1,512
113	和韓文會	86	9	20	15,480
114	和韓唱和錄1권	68	9	20	12,240
115	和韓唱和錄2권	52	9	20	9,360
116	和韓唱和附錄	80	9	20	14,400
117	和韓筆談薰風編1권	78	9	20	14,040
118	和韓筆談薰風編2권	52	9	20	9,360
119	鴻臚傾蓋集	28	9	20	5,040
예상 총 글자수					723,730
2차년도 예상 번역 매수 (200자원고지)					약 10,850매

3) 3차년도(2010. 7.~ 2011. 6.) : 1763년(11차 사행)에서 1811년(12차 사행)까지

연번	필담창화집 책 제목	면수	1면당 행수	1행당 글자수	예상되는 원문 글자수
120	歌芝照乘	26	10	20	5,200
121	甲申槎客萍水集	210	9	18	34,020
122	甲申接槎錄	56	9	14	7,056
123	甲申韓人唱和歸國1권	72	8	20	11,520
124	甲申韓人唱和歸國2권	47	8	20	7,520
125	客館唱和	58	10	18	10,440
126	鷄壇嚶鳴 간본 부분	62	10	20	12,400
127	鷄壇嚶鳴 필사부분	82	8	16	10,496
128	奇事風聞	12	10	18	2,160
129	南宮先生講餘獨覽	50	9	20	9,000
130	東渡筆談	80	10	20	16,000
131	東槎餘談	104	10	21	21,840
132	東游篇	102	10	20	20,400
133	問槎餘響1권	60	9	20	10,800
134	問槎餘響2권	46	9	20	8,280
135	問佩集	54	9	20	9,720
136	賓館唱和集	42	7	13	3,822
137	三世唱和	23	15	17	5,865
138	桑韓筆語	78	11	22	18,876
139	松菴筆語	50	11	24	13,200
140	殊服同調集	62	10	20	12,400
141	快快餘響	136	8	22	23,936
142	兩東鬪語乾	59	10	20	11,800
143	兩東鬪語坤	121	10	20	24,200
144	兩好餘話상권	62	9	22	12,276
145	兩好餘話하권	50	9	22	9,900
146	倭韓醫談(刊本)	96	9	16	13,824
147	倭韓醫談(寫本)	63	12	20	15,120
148	栗齋探勝草1권	48	9	17	7,344
149	栗齋探勝草2권	50	9	17	7,650
150	長門癸甲問槎1권	66	11	22	15,972

151	長門癸甲問槎2권	62	11	22	15,004
152	長門癸甲問槎3권	80	11	22	19,360
153	長門癸甲問槎4권	54	11	22	13,068
154	萍遇錄	68	12	17	13,872
155	品川一燈	41	10	20	8,200
156	表海英華	54	10	20	10,800
157	河梁雅契	38	10	20	7,600
158	和韓醫談	60	10	20	12,000
159	韓客人相筆話	80	10	20	16,000
160	韓館應酬錄	45	10	20	9,000
161	韓館唱和1권	92	8	14	10,304
162	韓館唱和2권	78	8	14	8,736
163	韓館唱和3권	67	8	14	7,504
164	韓館唱和續集1권	180	8	14	20,160
165	韓館唱和續集2권	182	8	14	20,384
166	韓館唱和續集3권	110	8	14	12,320
167	韓館唱和別集	56	8	14	6,272
168	鴻臚摭華	112	10	12	13,440
169	鷄林情盟	63	10	20	12,600
170	對禮餘藻	90	10	20	18,000
171	對禮餘藻(明遠館叢書 57)	123	10	20	24,600
172	對禮餘藻(明遠館叢書 58)	132	10	20	26,400
173	三劉先生詩文	58	10	20	11,600
174	辛未和韓唱酬錄	80	13	19	19,760
175	接鮮瘖語(寫本)1	102	10	20	20,400
176	接鮮瘖語(寫本)2	110	11	21	25,410
177	精里筆談	17	10	20	3,400
178	中興五侯詠	42	9	20	7,560
예상 총 글자수					786,791
3차년도 예상 번역 매수 (200자원고지)					약 11,800매

1차년도에는 하우봉(전북대) 교수와 유경미(일본 나가사키국립대학) 교수를 공동연구원으로 하여 고운기, 구지현, 김형태, 허은주, 김용흠 박

사가 전임연구원으로 번역에 참여하였다. 3년 동안 기태완, 이지양, 진영미, 김유경, 김정신, 강지희 박사가 연구원으로 교체되어, 결국 35,000매나 되는 번역원고를 마무리하였다.

일본식 한문이 중국식 한문과 달라서 특히 인명이나 지명 번역이 힘들었는데, 번역문에서는 독자들이 읽기 쉽도록 한국식 한자음으로 표기하고, 첫 번째 각주에서만 일본식 한자음을 표기하였다. 원문을 표점 입력하는 방법은 고전번역원에서 채택한 방법을 권장했지만, 번역자마다 한문을 교육받고 번역해온 과정이 다르기 때문에 재량을 인정하였다. 원본 상태를 확인하려는 연구자를 위해 영인본을 뒤에 편집하였는데, 모두 국내외 소장처의 사용 승인을 받았다.

원문과 번역문을 합하여 200자원고지 5만 매 분량의『조선후기 통신사 필담창화집 번역총서』를 12,000면의 이미지와 함께 편집하고 4차에 나누어 10책씩 출판하는 과정이 복잡하고 힘들었기에, 연세대학교 정갑영 총장에게 편집비 지원을 신청하였다.『조선후기 통신사 필담창수집 번역본 30권 편집』정책연구비(2012-1-0332)를 지원해주신 정갑영 총장에게 감사드린다.

『조선후기 통신사 필담창화집 번역총서』를 편집하는 과정에 문화재청으로부터『통신사기록 조사 및 번역, 데이터베이스 구축』연구용역을 발주받게 되어, 필담창화집을 비롯한 통신사 관련 기록을 세계기록유산으로 등재하는 작업에 참여하게 된 것도 기쁜 일이다. 통신사 관련 기록들이 모두 데이터베이스로 구축되어 국내외 학자들이 한일문화교류, 나아가서는 동아시아문화교류 연구에 손쉽게 참여하게 된다면『통신사 필담창화집 번역총서』의 사명을 다하는 것이라고 생각한다.

조선후기 통신사가 동아시아 문화교류 연구에 중요한 이유는 임진 왜란 이후에 중국(청나라)과 일본의 단절된 외교를 통신사가 간접적으로 이어주었기 때문이다. 통신사 필담창화집 번역총서 60권 출판이 마무리되면 조선후기에 한국(조선)과 중국(청나라) 지식인들이 주고받은 척독집 40여 권도 데이터베이스로 구축하여, 일본에서 조선을 거쳐 청나라로 이어지는 '동아시아 문화교류의 길' 데이터베이스를 국내외 학자들에게 제공하고자 한다.

▌구지현(具智賢)

1970년 천안 눈돌 출생.

연세대학교 국어국문학과를 졸업한 후 동대학원에서 석박사를 취득하였고, 한국고전번역원에서 한문을 공부하였으며, 일본 게이오대학 방문연구원(일한문화교류기금 펠로우십)을 거쳐 연세대학교 국학연구원 학술연구교수를 역임하였다.

현재 선문대학교 인문과학연구소 조교수.

저서로는 『1763년 계미통신사 사행문학연구』(보고사), 『통신사 필담창화집의 세계』등이 있다.

▌김형태(金亨泰)

연세대학교 국어국문학과, 연세대학교 대학원 국어국문학과 졸업. 문학박사

연세대학교 국학연구원 연구교수 역임

현재 경남대학교 문과대학 국어국문학과 조교수

저서로는 『대화체 가사의 유형과 역사적 전개』(소명출판, 2009), 『통신사 의학 관련 필담창화집 연구』(보고사, 2011) 등이 있다.

조선후기 통신사 필담창화집 번역총서 14

坐間筆語附江關筆談·兩東唱和後錄

2014년 8월 28일 초판 1쇄 펴냄

역 자 구지현·김형태
발행인 김흥국
발행처 도서출판 보고사

등록 1990년 12월 13일 제6-0429호
주소 서울특별시 성북구 보문동7가 11번지 2층
전화 922-5120~1(편집), 922-2246(영업)
팩스 922-6990
메일 kanapub3@naver.com
http://www.bogosabooks.co.kr

ISBN 979-11-5516-289-7 94810
     979-11-5516-055-8 (세트)

ⓒ 구지현·김형태, 2014

정가 19,000원

이 도서의 국립중앙도서관 출판예정도서목록(CIP)은 서지정보유통지원시스템 홈페이지
(http://seoji.nl.go.kr)와 국가자료공동목록시스템(http://www.nl.go.kr/kolisnet)
에서 이용하실 수 있습니다. (CIP제어번호 : CIP2014024648)